國立政治大學外國語文學院

進階外語 土耳其語 篇

國立政治大學
杜爾孫、曾蘭雅、李珮玲 編著

緣起

　　國立政治大學外國語文學院自民國108年起執行教育部「高教深耕計畫」，以教育部「北區大學外文中心計畫」完成之基礎外語教材為基底，賡續推動《進階外語》，目的在能夠提供全國大專院校學生更多元學習外語的自學管道。本計畫主要由本院英國語文學系招靜琪老師帶領，第一階段首先開發日語、韓語、土耳其語、俄語、越南語等5語種之基礎教材，第二階段繼續完成上述5語種之進階教材。為確保教材之品質，5語種之進階教材皆各由2位匿名審查人審核通過。

　　5語種教材之製作團隊由本院10餘位教授群親自策畫與撰寫，此外本校學生亦參與部分編輯、製作等工作。除內容力求保有本院實體課程一貫之紮實與豐富性之外，也強調創新實用與活潑生動。進階課程為針對具語言基礎者量身打造，深入淺出，不論是語言教學重點如字母、句型、文法、閱讀、聽力等，或相關主題如語言應用、文化歷史介紹、日常生活等，皆以活用為目的。

　　本套教材除可供自學，亦適用於國內大專院校、技職學校、高中AP課程、甚至相關機構單位，期望能提高語言學習成效，並將外語學習帶入嶄新的里程碑。

國立政治大學外國語文學院院長

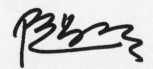

　　本書為《基礎外語：土耳其語篇》之續篇，根據「歐洲語言共同參考架構」（Common European Framework of Reference for Languages; CEFR）B1-B2 程度編寫，提供母語為華語者的自學、進階教材。期盼透過生動活潑的學習情境，讓學習者掌握土耳其語相關的語法、詞彙及語序知識，培養閱讀理解及基礎寫作能力。

　　本書共 12 課。每課均由「課文」、「文法」、「練習」與「小詞典」四單元組成。分別說明各單元設計理念如下：

(1)「課文」單元，多直接以對話方式呈現，偶有穿插其間的敘述短文，為帶出課文對話情境的引言或背景說明功能。對話內容盡可能貼合本地大學生的生活。

(2)「文法」單元，收錄各課課文中新出現的文法或常見句型；文法通常以「意義」、「型態」、「例句」的脈絡呈現。「型態」盡可能輔以表格呈現，力求一目了然。考量自學讀者之需求，所有例句均附上中譯與說明。若為例外情形，則使用小提醒方式另起一段詳加說明，以方便讀者理解、記憶。

(3)「練習」單元針對前二單元的內容設計如配合題、填充題、改寫句子、問答題等偏重閱讀與寫作訓練之題型讓學習者自行演練，並附錄解答於後。

(4)「小詞典」單元依字母順序列出各課初次出現的詞彙（包括詞語和片語），同時標示詞性以及在課文、會話中的中文解釋。

　　此外，「課文」單元的引文與對話，「小詞典」中列舉的每一個詞彙、片語，以及練習當中的閱讀測驗短文，均邀請教學經驗豐富的母語教師錄音，以方便讀者跟讀，學習標準、正確的發音和語調，並於相關單元標注音軌，讀者只需掃 QR code 即可練習聽力或跟讀。我們衷心期盼讀者能夠透過本書的架構與內容，循序漸進地全面提升土耳其語能力，學習道地且生活化的土耳其文。

《進階外語土耳其語篇》編輯小組

2022年2月

「小詞典」使用說明

關於本書「小詞典」單元的編排與使用，謹簡介如下：

(1) 於各課初次出現的詞彙、片語均依字母先後順序，由上而下、再由左而右列示。第一欄為該詞彙或片語的完整拼法；第二欄則於括弧內附上「名」、「形」、「副」、「代」、「動」、「嘆」、「連」、「質」、「片」或「動片」等，以標示其詞性屬於名詞、形容詞、副詞、代名詞、動詞、感嘆詞、連接詞、質詞、片語或動詞片語；第三欄多為該詞語所對應的中文意思，當詞意屬於同一層次之近似義時以頓號（、）隔開，若屬於意義層次不同者（如基本義和引申義）則以分號（；）區隔。若遇到部分詞語在加接母音開頭的型態會因語音現象而有例外變化者，則在完整拼寫該詞彙後緊接著英文半形的逗號（,），其後並列示其形態變化。詳見(4)、(5)及(6)之說明。

(2) 若同一詞彙於其他課再度出現，而意義不同或詞性改變時，會根據其在該課的意義收錄於該課的「小詞典」。若意義、詞性相同，則不再重複收錄。

(3) 詞彙之收錄標準，皆取決於是否收錄於「土耳其國家語言學會」（Türk Dil Kurumu）網頁的「當代土耳其語辭典」（Güncel Türkçe Sözlük），拼寫亦以該線上辭典為準。同時參考黃啟輝教授編纂的《土漢辭典Türkçe-Çince Sözlük》(2012, 臺灣臺北)、周正清和周運堂主編的《土耳其語漢語辭典Türkçe-Çince Sözlük》（2008, 北京）對於相關詞彙的中文解釋。

(4) 特殊名詞的標示法：皆仿照土耳其語辭典、使用第三人稱單數所屬格加以標示；

(a) 違反大母音諧音規則的外來語：如 kabul（接受）、saat（鐘、錶），於拼寫完詞語後緊接著英文半形的逗號（,）及其型態變化方式標註成〔kabul, -lü〕及〔saat, -ti〕。

(b) 部分名詞以p, ç, t 或k結尾，在遇到母音開頭的形態時，會有子音軟化成b, c, d 或ğ的現象，本辭典標出不軟化者；如 alp（英雄）、saç（頭髮）、kart（卡片）、zevk（喜好、品味），標註為〔alp, -pı〕、〔saç, -çı〕、〔kart, -tı〕、〔zevk, -ki〕。反之，僅拼寫出該詞語（以p, ç, t, k結尾）者，即屬於需軟化者；如kitap（書）、ağaç（樹）、kurt（狼）、yatak（床）。但renk（顏色）一詞並非軟化為ğ，則標示為〔renk, -gi〕。

(c) 部分名詞於加接母音開頭的型態時，會有第二音節窄母音（ı, i, u, ü）脫落的現象，仍以第三人稱單數所屬格標示：如ağız（嘴、口）、fikir（想法）、burun（鼻；岬）、gönül（心意；情意），標註為〔ağız, -ğzı〕、〔fikir, -kri〕、〔burun, -rnu〕、〔gönül, -lnü〕。

(d) 部分子音結尾的名詞於加接母音開頭的型態時，該子音需重複寫出：如af（寬恕）、his（感情；感覺）及tıp（醫學），標註為〔af, -ffı〕、〔his, -ssi〕及〔tıp, -bbı〕。

(5) 涉及人稱變化之動詞片語，皆以第三人稱單數所屬格標示：如aklına gelmek（（某人）想到、想起）和hoşuna gitmek（（某人）喜歡）。

(6) 動詞字根於加接母音開頭的型態需軟化，或是單音節動詞於寬廣式的例外變化，皆以寬廣式第三人稱標示：如almak（拿、取）、gelmek（來）、gitmek（去）、kaybetmek（失去、遺失、喪失）、olmak（變成；成為）、ölmek（死亡）及varmak（到達、抵達），標示為〔almak, -ır〕、〔gelmek, -ir〕、〔gitmek, -der〕、〔kaybetmek, -der〕、〔olmak, -ur〕、〔ölmek, -ür〕及〔varmak, -ır〕。

如何掃描 QR Code 下載音檔

1. 以手機內建的相機或是掃描 QR Code 的 App 掃描封面的 QR Code。
2. 點選「雲端硬碟」的連結之後，進入音檔清單畫面，接著點選畫面右上角的「三個點」。
3. 點選「新增至「已加星號」專區」一欄，星星即會變成黃色或黑色，代表加入成功。
4. 開啟電腦，打開您的「雲端硬碟」網頁，點選左側欄位的「已加星號」。
5. 選擇該音檔資料夾，點滑鼠右鍵，選擇「下載」，即可將音檔存入電腦。

目次

Ders 1 AFİYET OLSUN!
第一課 祝好胃口！

本課學習目標

1. 寬廣式
2. 名詞句的寬廣式表達

MP3-01

Buluşma 碰面

Ayşegül 22 yaşında bir üniversite öğrencisi. Ankara Üniversitesinde tarih okuyor. Yarın onun doğum günü. Bu özel günde arkadaşlarıyla birlikte olmak istiyor. Ayşegül, şehir merkezinde yeni açılan bir İtalyan restoranında akşam yemeğinin ve ardından doğum günü pastasının bu gün için güzel bir fikir olacağını düşünüyor. Ayşegül ders çıkışı arkadaşlarıyla sohbet ediyor.

Ayşegül 是個 22 歲的大學生。她在安卡拉大學修讀歷史。明天是她的生日，她想和朋友們一起渡過這個特別的日子。Ayşegül 覺得，這一天在市中心一家新開的義大利餐館用晚餐，然後吃生日蛋糕，會是個很棒的主意。Ayşegül 下課後和朋友們聊起來。

Ayşegül:	Arkadaşlar, bir dakika lütfen. Size bir önerim var. Yarın akşam hep birlikte akşam yemeğinde buluşmaya ne dersiniz?	大家請等一下。我有個提議。明天晚上碰面一起吃飯好不好？
Ali:	Ben gelirim. Nereye gidiyoruz?	我參加。我們要去哪裡呢？
Ayşegül:	İtalyan yemekleri yiyeceğiz. Okan, sen de gelir misin?	我們去吃義大利菜。Okan，你也會來吧？
Okan:	Gelmez miyim hiç? Tabii gelirim. Seve seve.	我會不來嗎？我當然會來囉，而且我非常樂意。
Tülin:	Okancığım, rica etsem giderken beni de alır mısın? Çünkü ben oraları pek bilmiyorum.	親愛的 Okan，可以拜託你也帶我一起去嗎？因為那裡我不太熟。
Okan:	Tabii alırım. Saat 6 olur mu?	當然好啊。6 點可以嗎？
Tülin:	Olur. Çıkmadan önce beni ara. Buluşalım.	可以。出門前打電話給我。我們好碰面。
Ayşegül:	Arkadaşlar, Buse şimdi burada değil. Bende telefon numarası yok. Rica etsem onu arar mısınız? Onun da gelmesini istiyorum. Çünkü Buse İtalyan yemeklerini çok sever. Özellikle pizzayı çok sevdiğini bilirim.	各位，現在 Buse 不在場，我沒有她的電話，能請你們打電話給她嗎？我希望她也能來，因為 Buse 很喜歡吃義大利菜。我知道她特別愛吃披薩。
Okan:	Tamam, Ayşegül, ben Buse'yi ararım. Hatta gelirken onu da alırım.	好的，Ayşegül，我會打電話給 Buse。甚至也帶她一起來。
Ayşegül:	Çok teşekkürler. Yarın görüşürüz.	多謝，我們明天見囉！

Türk restoranı 土耳其餐廳

Barış:	Alo, Melisa, duydun mu? Taipei'de yeni bir Türk restoranı açılmış.	喂，Melisa 你聽説了嗎？台北新開了一間土耳其餐廳呢。
Melisa:	Gerçekten mi? Duymadım.	真的嗎？我沒聽説。
Barış:	Evet, arkadaşım gitmiş. "Yemekleri çok güzel." diyor. Ne dersin? Birlikte gider miyiz?	嗯，我朋友去過了。他説「菜很好吃」。你覺得怎麼樣？要不要一起去？
Melisa:	Harika olur. Sence ne zaman gidelim?	那一定很棒。你看我們什麼時候去呢？
Barış:	Bu hafta sonu için ne dersin?	這個週末怎麼樣？
Melisa:	Cumartesi olur. Pazar günü olursa gelemem. Annemle sinemaya gideceğim.	星期六好了。星期天的話我沒辦法。我要和我媽去看電影。
Barış:	Tamam, o zaman Cumartesi gideriz.	好，那我們就星期六去。
Melisa:	Tamam. Görüşürüz. Hoşça kal.	好的。再見囉。

Türk restoranında 在土耳其餐廳裡

Garson:	Hoş geldiniz. Buyurun.	歡迎光臨，請進。
Barış:	Merhaba. Biz iki kişiyiz. Şu masaya oturabilir miyiz?	你好。我們有兩個人。我們可以坐那一桌嗎？
Garson:	Tabii. Size hemen menüyü getireyim.	當然。我馬上把菜單送來給您。
Barış:	Teşekkür ederim.	謝謝。

... oturduktan sonra 就座以後

Barış:	Nasıl? Bence burası güzel bir yere benziyor. Burnuma mis gibi kokular geliyor.	怎麼樣？我覺得這裡似乎不錯。還有陣陣香味傳來。
Melisa:	Bence de. İyi ki geldik. Ne yesek acaba?	我也這麼覺得。還好我們來了。我們吃什麼好？
Barış:	Hmm. Bakalım neler var? Aaa. Ben İskender kebabı yemek istiyorum. Sen ne yiyeceksin?	嗯……我們來看看有些什麼。啊，我想吃 İskender 烤肉。你要吃什麼？
Melisa:	Hmm ben de kıymalı pide yiyeceğim. Garson Bey, bakar mısınız?	嗯……我吃絞肉烤餅。服務生，請過來一下好嗎？
Garson:	Buyurun efendim. Karar verdiniz mi? Ne alırsınız?	請吩咐。請問你們決定好要點什麼了嗎？
Melisa:	Ben kıymalı pide istiyorum. Arkadaşım için de İskender kebabı lütfen.	我要絞肉烤餅。請給我朋友一份 İskender 烤肉。
Garson:	Tabii. İçecek bir şey alır mısınız?	好的。要點飲料嗎？
Barış:	Ben ayran istiyorum.	我點酸奶。
Melisa:	Ben de alırım.	我也是。
Garson:	Tamam. Hemen getiriyorum.	好的，馬上送來。

II.1 寬廣式

II.1.1 意義

　　土耳其語的寬廣式基本上傳達的是從過去到現在、未來的事實或動作，或者不強調時間意味的動作，是所有時態當中，涵蓋時間概念最寬廣的；用來表達下列語義：

1. 從過去到現在、未來不會改變的真理、定律。例如：Güneş doğudan doğar, batıdan batar.（太陽從東邊升起，西邊落下。）

2. 長期的習慣。例如：Yıllardır babam her sabah spor yapar.（多年來我爸爸每天早晨都做運動。）

3. 未來可能發生的事情。例如：Yarın belki pikniğe gideriz.（明天我們也許會去野餐。）

4. 透過問句客氣請求對方協助。例如：Lütfen beni bir dakika bekler misiniz?（請您等我一分鐘好嗎？）

5. 某些日常用語。例如：Teşekkür ederim.（謝謝。）Özür dilerim.（對不起、抱歉。）Rica ederim.（不客氣；沒關係。）Olur.（行、好的。）Olmaz.（不行、不可以。）Tebrik ederim.（恭喜、祝賀。）Affedersiniz.（對不起；請問）

● **小提醒**

1. 現在式表達較短期的習慣。例如：Babam her sabah spor yapıyor.（我爸爸每天早晨都做運動。）

2. 未來式表達預期將進行的動作。例如：Yarın pikniğe gideceğiz.（明天我們將要去野餐。）

3. 與寬廣式疑問句相對的，是較直截了當、直接提出請求的命令式。例如：Lütfen beni bir dakika bekleyin.（請您等我一分鐘。）

II.1.2 型態變化

1. 肯定句

　　寬廣式肯定句的基本型態（第三人稱單數）是在動詞字根（即動詞不定式去掉 mak 或 mek）之後加上 -r。

　　根據動詞字根的音節結構而有如下變化：

a. 母音結尾的動詞：動詞字根後直接加上 r 即可。例如：

動詞不定式	動詞字根	寬廣式肯定句第三人稱單數
demek	de-	der
yemek	ye-	yer
ağlamak	ağla-	ağlar
dinlemek	dinle-	dinler
istemek	iste-	ister
okumak	oku-	okur
oynamak	oyna-	oynar
söylemek	söyle-	söyler
uyumak	uyu-	uyur
yürümek	yürü-	yürür

b. 子音結尾、兩個以上音節的動詞：根據動詞字根最後一個音節的母音諧音（a, ı → ı；e, i → i；o, u → u；ö, ü → ü）後再加 r、而有 -ır, -ir, -ur, -ür 四種變化。例如：

動詞不定式	動詞字根	寬廣式肯定句第三人稱單數
utanmak	utan-	utanır
çalışmak	çalış-	çalışır
öğrenmek	öğren-	öğrenir
getirmek	getir-	getirir
oturmak	otur-	oturur
unutmak	unut-	unutur
üzülmek	üzül-	üzülür
görüşmek	görüş-	görüşür

c. 子音結尾的單音節動詞：根據動詞字根的母音粗細諧音（a, ı, o, u → a；e, i, ö, ü → e）後再加 r、而有 -ar, -er 兩種變化。例如：

動詞不定式	動詞字根	寬廣式肯定句第三人稱單數
yazmak	yaz-	yazar
korkmak	kork-	korkar
içmek	iç-	içer
sevmek	sev-	sever
gitmek	git-	gider*
teşekkür etmek	teşekkür et-	teşekkür eder*

* 先前我們在現在式與未來式曾學過 gitmek, etmek 以及它所衍生出的動詞遇到母音開頭的時態字尾時，t 會軟化成 d，這類動詞在寬廣式的型態變化也一樣會發生子音軟化現象。

* 子音結尾的單音節動詞中有 15 個例外（通常以 l, n 或 r 結尾）；其母音諧音比照兩個以上音節動詞採（a, ı → ı；e, i → i；o, u → u；ö, ü → ü）後再加 r 方式。如下：

動詞不定式	動詞字根	寬廣式肯定句第三人稱單數
almak	al-	alır
kalmak	kal-	kalır
gelmek	gel-	gelir
bilmek	bil-	bilir
olmak	ol-	olur
ölmek	öl-	ölür
bulmak	bul-	bulur
sanmak	san-	sanır
denmek	den-	denir
yenmek	yen-	yenir
varmak	var-	varır
vermek	ver-	verir
görmek	gör-	görür
durmak	dur-	durur
vurmak	vur-	vurur

2. 否定句基本型態

寬廣式否定句的基本型態（第三人稱單數）是在動詞字根之後，根據動詞字根最後一音節的母音諧音加接 -maz 或 -mez 即可。動詞字根的音節數量或是結尾的字母都不影響否定句的基本型態變化。例如：

動詞不定式	動詞字根	寬廣式否定句第三人稱單數
okumak	oku-	okumaz
öğrenmek	öğren-	öğrenmez
görüşmek	görüş-	görüşmez
yazmak	yaz-	yazmaz
gitmek	git-	gitmez
olmak	ol-	olmaz
durmak	dur-	durmaz

3. 疑問句基本型態

寬廣式肯定疑問句的基本型態是在原本肯定句的型態之後，根據母音諧音加上「嗎」疑問詞而有 mı, mi, mu, mü 四種變化。例如：

動詞不定式	寬廣式肯定句第三人稱單數	寬廣式肯定疑問句第三人稱單數
almak	alır	alır mı?
sevmek	sever	sever mi?
uyumak	uyur	uyur mu?
görüşmek	görüşür	görüşür mü?

同理，寬廣式否定疑問句的基本型態也是根據否定句型態的母音諧音，加上「嗎」疑問詞；由於否定句為 -maz 或 -mez 兩種變化，因此否定疑問句只會有 mı, mi 兩種變化。例如：

動詞不定式	寬廣式否定句第三人稱單數	寬廣式否定疑問句第三人稱單數
kalmak	kalmaz	kalmaz mı?
yazmak	yazmaz	yazmaz mı?
okumak	okumaz	okumaz mı?

動詞不定式	寬廣式否定句第三人稱單數	寬廣式否定疑問句第三人稱單數
gitmek	gitmez	gitmez mi?
gelmek	gelmez	gelmez mi?
öğrenmek	öğrenmez	öğrenmez mi?

4. 寬廣式各句式的人稱變化

　　學會了寬廣式基本型態變化之後，接下來我們以 yapmak 和 görmek 為例，來看看它在各個人稱下的肯定、否定、肯定疑問以及否定疑問句的變化：

	肯定句	否定句	肯定疑問句	否定疑問句
Ben	yaparım	yapmam*	yapar mıyım?	yapmaz mıyım?
Sen	yaparsın	yapmazsın	yapar mısın?	yapmaz mısın?
O	yapar	yapmaz	yapar mı?	yapmaz mı?
Biz	yaparız	yapmayız*	yapar mıyız?	yapmaz mıyız?
Siz	yaparsınız	yapmazsınız	yapar mısınız?	yapmaz mısınız?
Onlar	yaparlar	yapmazlar	yaparlar mı?	yapmazlar mı?

* 請注意寬廣式否定句第一人稱單、複數人稱字尾的特殊變化。

	肯定句	否定句	肯定疑問句	否定疑問句
Ben	görürüm	görmem*	görür müyüm?	görmez miyim?
Sen	görürsün	görmezsin	görür müsün?	görmez misin?
O	görür	görmez	görür mü?	görmez mi?
Biz	görürüz	görmeyiz*	görür müyüz?	görmez miyiz?
Siz	görürsünüz	görmezsiniz	görür müsünüz?	görmez misiniz?
Onlar	görürler	görmezler	görürler mi?	görmezler mi?

* 請注意寬廣式否定句第一人稱單、複數人稱字尾的特殊變化。

II.1.3 例句

以下是動詞句搭配寬廣式的例句：

- Babam asla sigara içmez.（我爸絕不抽煙。）
- Evinizde genellikle kim yemek yapar?（在您家中通常誰做菜？）
- Koşma; düşersin.（不要跑；你會跌倒。）
- Çay içer misin?（你（要）喝茶嗎？）
- Üşüyorum. Pencereyi kapatır mısınız?（我覺得冷。請您關窗好嗎？）
- İnsan doğar, büyür ve ölür.（人會出生、長大與死亡。）
- Su yüz derecede kaynar.（水會在 100 度時沸騰。）
- Önce yemeğinizi yiyiniz. Sonra işe başlarsınız.（你們先吃飯，然後再開始工作。）
- Yarın proje taslağını size getiririm. Yavaş yavaş incelersiniz.

  （我明天會把計畫草案帶來給您。您再慢慢研究。）
- Davetli misafirler küçük prensese hediyelerini ve iyi dileklerini sunar.

  （受邀的賓客們獻上給小公主的禮物與祝福。）

土耳其語格言中也有許多使用到寬廣式的句子：

- Balık baştan kokar.（魚從頭部開始發臭；上樑不正下樑歪。）
- Evdeki hesap çarşıya uymaz.（家中的帳本不符合市場行情；計畫趕不上變化。）
- Ateş olmayan yerden duman çıkmaz.（煙不會從沒有火的地方冒出來；無風不起浪。）
- Çürük tahta çivi tutmaz.（腐爛的木頭抓不住釘子；朽木不可雕也。）

II.1.4 小練習

請選擇適當的詞語填入以完成對話。

| al- ara- de- gel- gelme- ol- sev- |

例如：Yarın akşam hep birlikte akşam yemeğinde buluşmaya ne _____ ?

→ *dersiniz*

Ali: Ben ❶_____. Nereye gidiyoruz?

Ayşegül: İtalyan yemekleri yiyeceğiz. Mehmet sen de ❷_____?

Okan: ❸_____ hiç? Tabii ❹_____. Seve seve.

Tülin: Okancığım, rica etsem giderken beni de ❺_____? Çünkü ben oraları pek bilmiyorum.

Okan: Tabii ❻_____. Saat 6 ❼_____?

Tülin: ❽_____. Çıkmadan önce beni ara. Buluşalım.

Ayşegül: Arkadaşlar, Buse şimdi burada değil. Bende telefon numarası yok. Rica etsem onu ❾_____? Onun da gelmesini istiyorum. Çünkü Buse İtalyan yemeklerini çok ❿_____.

II.2 名詞句的寬廣式表達

II.2.1 意義

如同我們先前所學，名詞句表達的是「人（或事、物）目前的狀態或存在」。例如：

- Bugün (hava) yağmurlu.（今天是雨天。）
- Teyzem bir öğretmen.（我的阿姨是一位老師。）

當我們要表達「（通常）會……」或是「（未來可能情況）會……」等屬於寬廣式的語意時，需藉由不及物助動詞 olmak 加上寬廣式時態字尾，再加上人稱字尾來傳達。例如：

- Bu mevsimde burası yağmurlu olur.（這個季節本地通常會是雨天。）
- Teyzem yakında öğretmen olur.（我的阿姨近期內會成為老師。）

此外，olmak 這個詞有「成為；發生；存在」的意思，olur 一詞單獨使用時表示答應、附和，意思是「可以、沒問題、好的」。例如：

- A: Yarın akşam hep birlikte İtalyan yemeği yiyelim mi?
  （明晚我們一同去吃義大利餐好嗎？）
- B: Olur.（好的。）

II.2.2 型態變化

由於名詞句的寬廣式表達需透過助動詞 olmak 達成，因此名詞句的寬廣式型態，就是 olmak 的寬廣式型態變化。底下我們以 mutlu olmak 為例，來看看它在不同人稱下的的變化：

	肯定句	否定句
Ben	mutlu olurum	mutlu olmam
Sen	mutlu olursun	mutlu olmazsın
O	mutlu olur	mutlu olmaz
Biz	mutlu oluruz	mutlu olmayız
Siz	mutlu olursunuz	mutlu olmazsınız
Onlar	mutlu olurlar	mutlu olmazlar

	肯定疑問句	否定疑問句
Ben	mutlu olur muyum?	mutlu olmaz mıyım?
Sen	mutlu olur musun?	mutlu olmaz mısın?
O	mutlu olur mu?	mutlu olmaz mı?

	肯定疑問句	否定疑問句
Biz	mutlu olur muyuz?	mutlu olmaz mıyız?
Siz	mutlu olur musunuz?	mutlu olmaz mısınız?
Onlar	mutlu olurlar mı?	mutlu olmazlar mı?

II.2.3 例句

以下是名詞句寬廣式的例句：

- Bu kumaştan güzel pantolon olur.（這塊布可以做成漂亮的長褲。）
- Çok tembelsin; ileride pişman olursun.（你真懶散；將來你會後悔的。）
- Burası yakında güzel bir park olur.（這裡不久之後會成為一座美麗的公園。）
- Yemekten sonra Türk kahvesi iyi olur.（飯後來杯土耳其咖啡會很棒。）
- Şimdi karar vermen sağlıklı olmaz.（你現在做決定並不妥當。）
- Hafta sonu evde olur musunuz?（你們週末會在家嗎？）
- Ben yokken bebeğime göz kulak olur musun?（我不在時請你照顧我的寶寶好嗎？）
- Gürültüden rahatsız olmaz mısın?（噪音不會讓你覺得不舒服嗎？）
- Size zahmet olmaz mı?（對您來說不麻煩嗎？）
- Bu, daha doğru bir seçenek olmaz mı?（這難道不是更正確的選擇嗎？）

再看看使用名詞句寬廣式的土耳其格言：

- Damlaya damlaya göl olur.（涓滴細流而成湖泊；積少成多。）
- Büyük başın derdi büyük olur.（頭大的人煩惱也大；做大事者面臨的挑戰也多。）
- Beş parmak bir olmaz.（五根指頭不會一樣長；同一個團體中本來就存在著個別差異。）
- Dikensiz gül olmaz.（沒有無刺的玫瑰；美好的事物多少還是會有缺陷。）

III.1 表格填充

請依據括弧內提示寫出以下動詞於各種人稱下的寬廣式變化：

	dönmek（肯定句）	kalkmak（否定句）	gelmek（肯定疑問句）
Ben			
Sen			
O			
Biz			
Siz			
Onlar			

III.2 選擇題

( ) ❶ Bu mevsimde çilek _____ .

(a) değildin   (b) oluyorum   (c) olmaz   (d) olalım

( ) ❷ Annem ve babam hiç sigara _____ .

(a) içmez   (b) içmeyiz   (c) içeceğim   (d) içer

( ) ❸ Her haftada iki kere spor _____ .

(a) yaptık   (b) yaparız   (c) yapmadık   (d) olmadık

( ) ❹ Bana bir bardak su _____ ?

(a) vereceksin   (b) verdin   (c) verelim mi   (d) verir misin

( ) ❺ Hafta sonu annenize yardım _____ ?

(a) eder misiniz   (b) olur musun   (c) et   (d) olun

( ) ❻ Çok tembelsin; ileride pişman _____ .

(a) oluyorsun   (b) oldun   (c) olursun   (d) ol

( ) ❼ Beş parmak bir _____ .

(a) değildik   (b) oldu   (c) olacak   (d) olmaz

(　　) ❽ Gürültüden rahatsız _____ ?

    (a) etmez misin   (b) olmaz mısınız

    (c) olalım mı   (d) ettin mi

III.3 填充題

請依據上下文填入帶有人稱字尾的寬廣式動詞。

例如：Sen çok güzel şarkı söyle_____. → *söylersin*

❶ A: Doğum günüme gel_____ misin?

   B: Tabii, gel_____.

❷ A: Siz ne iç_____?

   B: Ben çay al_____.

❸ A: Kardeşim geçen hafta evlendi.

   B: Öyle mi? (ben) Um_____ hep mutlu ol_____.

❹ A: Buyurun efendim, siz ne arzu et_____?

   B: (ben) Bir kilo patlıcan ve iki kilo domates iste_____.

❺ A: (sen) Hafta sonu hayvanat bahçesine gitmeye ne de_____?

   B: Çok iyi ol_____.

III.4 問答題

請依據提示回答問題。

例句：　- Her sabah kahvaltı <u>yapar</u> mısın?

      - Evet, _____ → *kahvaltı yaparım.*

❶ - Sence Sevda bu hediyeyi <u>beğenir</u> mi?

   - Hayır, _____

❷ - Annen hafta sonu kek yapar mı?

- Evet, _____

❸ - Yemekten sonra dişlerini fırçalar mısın?

- Tabii _____

❹ - Çocuklar klasik müzikten hoşlanırlar mı?

- Hayır, _____

❺ - Siz hiç içki içmez misiniz?

- Evet, ben _____

❻ - Akşamları geç yatar mısın?

- Hayır, _____

❼ - Kardeşin hiç erken kalkmaz mı?

- Evet, _____

❽ - Siz sınıfta yüksek sesle konuşur musunuz?

- Hayır, biz _____

III.5 改寫句子

請將以下句子改成寬廣式。

❶ Günlük alışverişimi daha çok mahallemizde yapacağım.

_____

❷ Bu kumaştan güzel gömlek olacak mı?

_____

❸ Siyah elbisenin üstünde mavi zincir çok güzel duruyor.

_____

④ Ablam çok güzel piyano çalıyor.

⑤ Ahmet hiç yalan söylemeyecek.

⑥ Elinizdeki kutuyu buraya bırakın.

⑦ Anneciğim, bana para veriyor musun?

⑧ Bence yarın yağmur yağmayacak.

⑨ Kızım, bakkaldan iki tane ekmek al.

⑩ Yazın hava çok sıcak olacak.

MP3-02

açılmak	動	開張、開幕
art	名	後、後面
asla	副	絕不、毫不
ayran	名	酸奶
büyümek	動	長大、成長
çivi	名	釘子
çürük	形	腐爛的、腐敗的
damlamak	動	滴、滴落
davetli	形	受邀的
dert	名	煩惱
dikensiz	形	無刺的
dilek	名	願望、祈願
doğmak	動	出生、誕生；（日、月）升起
duman	名	煙、煙霧
düşmek	動	跌倒；墜落
garson	名	侍者、服務生
getirmek	動	帶來
göz kulak olmak	動片	照料、保護
hatta	連	甚至
incelemek	動	研究
İtalyan	形	義大利的
kaynamak	動	沸騰、（煮）開
kebap	名	烤肉；燒烤類食物
kıymalı	形	有絞肉的

kumaş	名	布
menü	名	菜單
mis gibi	形	清香的；很好的
mutlu	形	幸福的
ölmek, -ür	動	死亡
öneri	名	提議
pide	名	烤餅
pişman olmak	動片	後悔
pizza	名	披薩
seçenek	名	選擇
sunmak	動	呈送、獻上
taslak	名	草案、草稿
tembel	形	懶惰的
üşümek	動	覺得冷；著涼、受寒
üzülmek	動	傷心、難過
zahmet, -ti	名	麻煩

Ders 2 NEYLE GİDELİM?

第二課 我們怎麼去？

本課學習目標

1. -mAk için「為了……」
2. ile
3. 「一……就……」句型

MP3-03

Taipei'de Ulaşım 台北的交通

A: Taipei'de ulaşım gerçekten çok rahat ve kolay. Değil mi?

在台北交通真的很舒適又方便。不是嗎？

B: Evet, bence de öyle. Ayrıca çok da pahalı değil. Gideceğin mesafeye göre para ödüyorsun. Bazen otobüsle bir yere giderken iki defa para ödemen gerekiyor.

是啊，我也這麼覺得。而且也不會太貴，根據你搭乘的距離付費。有時候搭公車你得付兩段票的錢。

A: Nasıl yani, anlamadım?

什麼意思，我不明白？

B: Gideceğin mesafe biraz uzaksa otobüse hem binerken para ödüyorsun hem de inerken. Tabii eğer kartın varsa kartını da kullanabilirsin.

如果你要去的距離比較遠的話，上下車都要付錢。當然如果你有票卡的話也可以使用票卡。

A: Nasıl bir kart bu?

B: Adı "yoyo" kartı. Bu karta yükleme yaptıktan sonra içindeki para bitene kadar kullanabiliyorsun. Yanında her zaman bozuk para taşımana gerek kalmıyor yani. Bu karta, tüm metro istasyonlarında olduğu gibi marketlerde de para yükleyebiliyorsun.

A: Çok iyiymiş. Peki Taipei'de diğer ulaşım araçları da var mı? Bir yerden başka bir yere gitmek için ne kullanabilirim?

B: Taipei'de istediğin yere otobüsle, metroyla, taksiyle, motosikletle ya da bisikletle gidebilirsin. Taipei'de bisiklet yolları çok uzun ve çok kullanışlı. Şehir merkezine gitmek istersen bence özel arabanı kullanma. Çünkü park sorunu ile karşılaşabilirsin. Ayrıca park etmek için ücret de ödemen gerekir. Bu nedenle en iyisi otobüs ya da metroyu kullanmak. Metrodan iner inmez karşına otobüs durakları çıkar. Kısaca Taipei'de her iki ulaşım aracını kullanarak kolayca ve kısa sürede istediğin yere gidebilirsin.

A: Desene Taipei'de ulaşım çok rahat.

B: Kesinlikle.

是怎樣的票卡？

它叫做「悠遊卡」。儲值之後你可以用到裡面沒錢為止。也就是說你身上用不著隨時準備一大堆零錢。而且就像在所有的捷運站裡加值一樣，你也可以在便利商店加值這張卡。

聽起來很棒。那在台北還有其他交通工具嗎？要從一個地方去另一個地方我可以搭什麼？

在台北你可以搭公車、捷運、計程車、騎摩托車或自行車到任何你想去的地方。台北的自行車道很長也很實用。如果你想去市中心，我建議你別自己開車。因為你可能會遇到停車問題，而且你還得付停車費，所以最好是搭乘公車或捷運。你一出捷運站，公車站牌便在眼前。簡單來說，在台北，這兩種交通工具都能讓你方便又快速地到達你想去的地方。

你直說台北交通很便利就好了嘛！

沒錯。

Ⅱ.1 -mAk için 「為了……」

Ⅱ.1.1 意義

　　土耳其語的 -mAk için 是很常見的副詞補語，放在句中（在句尾的述詞之前）表達目的語意。意思是「為了……」。例如課文當中 "Park etmek için ücret de ödemen gerekir." 直譯是「為了停車，你還得付費。」（此句我們可再潤飾為「你還得付停車費。」）

Ⅱ.1.2 例句

　　接著我們來看看 -mAk için 的例句：

- Türkçe öğrenmek için Türkiye'ye geldik. = Türkiye'ye Türkçe öğrenmek için geldik.

　　〔由於句中的 -mAk için 和 Türkiye'ye 都屬於補語，寫作上也可以調整順序，意義相近但語意重心不同。土耳其語中最靠近述詞的詞（組）為語意重心所在。因此前句意思是「為了學習土耳其語，我們（專程、特地）來到了土耳其。」，後句則是強調「我們來到土耳其主要是為了學習土耳其語。」〕

- Daha sağlıklı olmak için dengeli beslenir, düzenli spor yaparız.
  （為了變得更健康，我們均衡攝取營養並規律運動。）
- Emekli olduktan sonra kaliteli bir yaşam sürdürmek için şimdiden plan yapmaya başladılar.
  （為了退休後優質的生活他們從現在就開始規劃。）

　　當然，我們也可以使用否定的不定詞型態（-mAmAk）加上 için 表達「為了不……」的語意。例如：

- Kilo almamak için her gün yürüyüşe çıkar.（他為了不增加體重每天都去散步。）
- Boşuna zaman kaybetmemek için hemen harekete geçtiler.

  （為了不白白浪費時間，他們立刻展開行動。）
- Bugünkü işleri yarına bırakmamak için çabalıyoruz.

  （我們為了不把今日的工作留到明天而努力。）

* 當句中的述詞為 gelmek（來）或 gitmek（去）時，-mAk için 可以寫成語意相同的 -mAyA，
  同樣都是句中的補語。

  例如：

- Türkiye'ye Türkçe öğrenmek için geldik. 也可寫成 Türkiye'ye Türkçe öğrenmeye
  geldik.

  （我們為了學習土耳其語來到了土耳其；我們來到了土耳其學土耳其語。）
- Bazen meyhanelere arkadaşlarla hem içmek hem sohbet etmek için giderler.
  也可寫成 Bazen meyhanelere arkadaşlarla hem içmeye hem sohbet etmeye
  giderler.

  （有時他們為了跟朋友們喝酒聊天會去酒館；有時他們會跟朋友們去酒館喝酒聊天。）

II.1.3 小練習

請選擇適當的詞語填入。

dinlen- unutma- cevap ver- hastalanma- birlikte ol- ders çalış-

例如：Biz _____ için kütüphaneye gideriz. → *ders çalışmak*

❶ Sorusuna _____ için düşünüyoruz.

❷ Arkadaşlarla _____ için kafelere gider.

❸ _____ için sakin bir yer arıyorlar.

❹ Önemli işleri _____ için not alırız.

❺ _____ için nelere dikkat edersiniz?

II.2 ile

II.2.1 型態變化

　　ile 與名詞連寫時，會根據名詞最後一個音節的母音而有 -la, -le 兩種諧音變化，若名詞以母音結尾時，則需墊上 y 寫成 -yla 或 -yle。若不與名詞連寫，則保持 ile 的寫法不改變。

　　例如：çocukla (= çocuk ile), misafirle (= misafir ile), metroyla (= metro ile), şemsiyeyle (= şemsiye ile) 等。

II.2.2 作為連接詞

　　ile 可以連接兩個同為人、事或同樣指物的名詞，表達「與、跟、和、以及」的意思。ile 作連接詞使用時，可以跟名詞連寫，也可以單獨寫。由於被連接的兩個名詞屬於相同的意義範疇，改變前後順序並不會影響到句意。

　　例如：Yarın Ayşe ile Ahmet evlenecek.（明天 Ayşe 和 Ahmet 將要結婚。）

　　　　　=Yarın Ayşe'yle Ahmet evlenecek.

　　　　　=Yarın Ayşe Ahmet'le evlenecek.

　　　　　=Yarın Ahmet'le Ayşe evlenecek.

　　　　　=Yarın Ahmet Ayşe'yle evlenecek.

　　又如：Bana kalem ile silgiyi ver.（把那支筆和橡皮擦拿給我。）

　　　　　=Bana kalemle silgiyi ver.

　　　　　=Bana silgiyle kalemi ver.

　　當其中一個名詞為代名詞時，通常習慣連寫，並且必須在代名詞之後加上所有格再連寫；不過，第三人稱複數代名詞 onlar 例外。

　　例如：

• Benimle gelir misin?（請你跟我來好嗎？）

- Kiminle konuşuyorsun?（你在跟誰說話？）
- Onlarla her hafta görüşüyor musun?（你跟他們每週見面嗎？）

　　ile 當作連接詞使用時帶有「與（某人）一起……」的意思，可以加上 beraber 或 birlikte。例如：Bu yaz onlarla (birlikte / beraber) tatile gideriz.（今年夏天我們會跟他們一起去渡假。）Sizinle (birlikte / beraber) çalışmayı seviyorum.（我喜歡和你們一起工作。）

　　下面讓我們來看看 ile 與代名詞連用時的例句。

代名詞	例句
ben	Benimle dans eder misin?（你願意跟我共舞嗎？）
sen	Seninle biraz konuşabilir miyim?（我可以跟你稍微談一下嗎？）
o	Onunla sık sık haberleşiyoruz.（我們常和他互通消息。）
biz	Ahmet de bizimle geziye gidecek.（Ahmet 也要跟我們一起去旅行。）
siz	Sizinle tanıştığımıza çok memnun oldum.（我很高興認識您；幸會。）
onlar	Onlarla alışverişe çıkmayı severim.（我喜歡和他們一起逛街購物。）
bu	Bununla beraber (birlikte) bana hiç kızmadı. （雖然如此，他完全沒生我的氣。）
kim	Kiminle konuşuyorsun?（你在跟誰講話？）

II.2.3 將名詞轉為副詞

　　ile 加接於表示工具的名詞之後，表達「藉著……（工具）」、「透過……（方式）」或「穿戴……」的意思；此時，ile 必須與名詞連寫。例如：bıçakla, trenle, arabayla, silgiyle 等。本課我們學到透過 ile 表達使用的交通工具。

　　例如：

- Eve otobüsle dönüyorum.（我搭公車回家。）
- Derse yetişmek için okula taksiyle geldim.（我為了趕上課搭計程車來學校。）

- Taipei'ye uçakla geldi. (他搭飛機來台北。)
- Ali işe arabayla mı motosikletle mi gider? (Ali 是開車還是騎摩托車上班？)
- - Neyle eve dönersin? - Metroyla eve dönerim. (- 你怎麼回家？- 我搭捷運回家。)
- Motosikletle ada turuna çıkalım mı? (我們騎機車環島好嗎？)
- Onlar trenle birçok yeri gezdiler. (他們搭火車遊覽了許多地方。)
- İş kazasından korunmak için koruyucu gözlük ve iş kıyafetiyle çalışmak gerek.
  (務必戴上護目鏡並穿著工作服工作以防職業傷害。)
- Camiye ayakkabıyla girmeyin. (請勿穿鞋進入清真寺。)

又如：

- Kaşıkla çorba içeriz. (我們用湯匙喝湯。)
- Küçük kız mendille göz yaşlarını siliyor. (小女孩用手帕擦眼淚。)
- Kalemle yazı yazarız, silgiyle hataları sileriz. (我們用筆寫字，用橡皮擦塗掉錯誤。)
- Annem elektrik süpürgesiyle evdeki odaları temizliyor.
  (我媽媽正在用吸塵器打掃家裡的房間。)

　　除了表達使用的工具之外，ile 也可讓名詞轉為副詞，表達「……地」或是「以……」的意思。例如：

- Hafta sonları genellikle geç kalkarız. (我們週末通常晚起。)
- Türk tatlılarını çok seviyor. Özellikle sütlaç onun favorisi.
  (他很喜歡土耳其甜點。尤其米布丁是他的最愛。)
- - Haksız mıyım? - Kesinlikle haklısın. (- 我錯了嗎？- 你絕對沒錯。)
- Yeni evde huzurla otursunlar. (願他們在新家住得平安。)
- Öğrenciler sabırsızlıkla sınavın sonucunu bekliyorlar.
  (學生們迫不及待地等著考試結果。)
- - Bana yardım eder misin? - Memnuniyetle. (- 請你幫我忙好嗎？- 很樂意。)
- Maçı heyecanla izliyor. (他緊張地看著球賽。)

- Dünkü partiden keyifle söz ediyor.（他開心地談論著昨天的派對。）

- Bir iki saniye tereddütle gözlerinin içine baktım.（有一兩秒，我猶疑地望向他。）

- Kazayı korkuyla anlattı.（他餘悸猶存地敘述了整個意外事故。）

- Çocukların yüzlerine sevgiyle baktı.（他憐愛地看著孩子們的臉龐。）

II.2.4 ile 的綜合應用

先前我們學過使用 "Bunun için"、"Onun için"、"Bu yüzden" 等表達「因此、所以」的連接詞。由於名詞加上 ile 轉為副詞時表達「藉著、透過、帶著」的語意，表達「因此、所以」時也常應用到 ile，例如："Bu sebeple"、"Bu nedenle"、"Dolayısıyla"。

- Dün yağmur yağdı, bu sebeple dışarıya çıkmadık.
  （昨天下了雨，我們因此沒出門。）

- Çok az parası kaldı, bu nedenle o çantayı almaktan vazgeçti.
  （他剩下很少錢，因此他放棄買那個包包。）

- Ada turuna çıkmayı planlıyor, dolayısıyla çok çalışıyor ve para biriktirmeye çalışıyor.
  （他規劃要去環島旅行，因此很認真工作、努力存錢。）

其他，像是 "zamanla"（隨著時光的流逝、逐漸地）、"...aracılığıyla"(/birinin yardımıyla)（透過某人的協助）、"başka bir deyişle"（換句話說、易言之）、"fazlasıyla"（過度地）、"tamamıyla"（全然地、完整地）也是常見的副詞慣用語。例如：

- Burası küçücük bir kasabaydı. Zamanla şehir merkezi oldu.
  （這裡以前是個小小的鄉鎮，後來逐漸變成了市中心。）

- İnternet aracılığıyla haberleşmemiz kolaylaşıyor.
  （透過網路，我們的通訊變得容易了。）

- Onun yardımıyla kısa zamanda sorunu çözdük.
  （在他的協助下，我們很快解決了那個問題。）

- O şimdi Türkiye'de tatil yapıyor. Başka bir deyişle, toplantıya gelmez.

  （他現在正在土耳其渡假，換句話説，他不會來開會。）

- Onun fazlasıyla nezaketli davranışlarından rahatsız oluyoruz.

  （他那過度客氣的舉止令我們感到不自在。）

- Ailesi ve hemşirelerin dikkatli bakımı sayesinde arkadaşım tamamıyla iyileşti, sağlığına kavuştu.

  （在家人和護士們的細心照料下，我的朋友完全康復了，恢復了昔日的健康。）

II.3 「一……就……」句型

　　我們可以將同一動詞字根的寬廣式肯定與否定型態並列來表達「一……就……」的語意。例如課文裡的 Metrodan iner inmez karşına otobüs durakları çıkar.（你一下捷運，公車站牌便會出現在你面前。）這句話中，"inmek 下（交通工具）"這個動作一發生，主要子句 "çıkmak 出現"這個動作便跟著發生。例如：

- Tayvan'a geldi. Hemen Çince öğrenmeye başladı.

  = Tayvan'a gelir gelmez Çince öğrenmeye başladı.（他一到台灣就開始學中文。）

- Yatağına yatıyor ve hemen uyuyor.

  = Yatağına yatar yatmaz uyuyor.（他一躺下就睡著了。）

- Onu sokakta gördük, hemen tanıdık.

  = Onu sokakta görür görmez tanıdık.（我們在街上一看到他就認出他了。）

- Zil çaldı. Öğretmen hemen sınıfa girdi.

  = Zil çalar çalmaz öğretmen sınıfa girdi.（老師一打鐘就進了教室。）

- Her sabah uyanır ve hemen kahve içer.

  = Her sabah uyanır uyanmaz kahve içer.（他每天早上一醒來就喝咖啡。）

- İçeri girdi. Hemen bağırmaya başladı.

  = İçeri girer girmez bağırmaya başladı.（他一走進來就開始大吼大叫。）

- Küçük kız müziğin sesini duydu, hemen dans etmeye başladı.

  = Küçük kız müziğin sesini duyar duymaz dans etmeye başladı.

  （小女孩一聽見音樂的聲音就開始跳舞。）

- Vizesini aldı, hemen havalimanına gitti.

  = Vizesini alır almaz havalimanına gitti.（他一拿到簽證就直奔機場。）

- Havalar açtı, hemen denize girdik.

  = Havalar açar açmaz denize girdik.（天氣一放晴我們就到海邊游泳。）

- Yağmur dindi, hemen yürüyüşe çıktılar.

  = Yağmur diner dinmez yürüyüşe çıktılar.（雨一停他們就出去散步。）

- Kitap açar ve hemen uykusu gelir.

  = Kitap açar açmaz uykusu gelir.（他一打開書就想睡覺。）

Ⅲ.1 問答題

請依括弧內提示回答問題。

❶ Hayvanat bahçesine nasıl gidebiliriz? (metro)

_____

❷ Ayşe kiminle evlendi? (Ahmet)

_____

❸ Odanı neyle temizliyorsun? (elektrik süpürgesi)

_____

❹ Benimle dans eder misin? (memnuniyet)

_____

❺ Eve neyle döneceksin? (taksi)

_____

❻ Tatile neyle gideceksin? (tren)

_____

❼ Türkler neyle yemek yerler? (bıçak ve çatal)

_____

❽ Saçımızı neyle tarıyoruz? (tarak)

_____

Ⅲ.2 改錯題

以下句子中劃線部分有誤，請選出正確詞語加以改正。

kalem / diş fırçası / silgi / mendil / kredi kartı / kaşık / heyecan / araba / gözlük

例如： Biz ~~kitapla~~ _____ yazı yazarız. → _kalemle_

① Tahtayı ~~şemsiyeyle~~ _____ silin.

② Restoranda hesabı genellikle ~~öğrenci kartımla~~ _____ ödüyorum.

③ Okula ~~yatakla~~ _____ gelmeyin.

④ Dişlerimizi ~~sabunla~~ _____ fırçalıyoruz.

⑤ ~~Bardakla~~ _____ çorba içeriz.

⑥ Üç boyutlu filmleri özel bir ~~kulaklıkla~~ _____ izleyeceksin.

⑦ Göz yaşlarını ~~çiçekle~~ _____ sildi.

⑧ Sınavın sonucunu ~~şakayla~~ _____ bekliyoruz.

III.3 配合題

請根據左欄的情境選出合適的回應。

( ) ① Tatile nasıl gideceksiniz?

( ) ② Kiminle ders çalışıyorsun?

( ) ③ Sizinle tanıştığıma çok memnun oldum.

( ) ④ Alo. Selma Hanım'la mı görüşüyorum?

( ) ⑤ Onunla nerede tanıştın?

( ) ⑥ Kahvaltıda genellikle neler yersin?

( ) ⑦ Benimle evlenir misin?

( ) ⑧ Yılbaşı gecesinde kiminle kutlayacaksın?

a. Yalnız çalışıyorum.

b. Evet, buyurun benim.

c. Tostla yumurta.

d. Uçakla.

e. Ben de memnun oldum.

f. Arkadaşlarımla.

g. Bir kitabevinde tanıştım.

h. Evet!

III.4 填充題

請選擇適合的動詞並加上適當變化來完成以下句子。

girmek / çalmak / bitmek / görmek / binmek
çıkmak / olmak / söndürmek / gelmek

例如：Sınıfa _____ _____ konuşmaya başlar. → *girer girmez*

❶ Film _____ _____ yatacağım.

❷ Okuldan _____ _____ eve gel, dışarıda oyalanma.

❸ Ağabeyim kan _____ _____ bayılır.

❹ Cafer okuldan mezun _____ _____ iş buldu.

❺ Eve _____ _____ yemek istiyor.

❻ Işığı _____ _____ doğum günü şarkısı söylemeye başlayalım.

❼ Zil _____ _____ ayağa kalktı ve dışarı çıktı.

❽ Taksiye _____ _____ otobüs geldi.

III.5 閱讀測驗

MP3-04

請先閱讀以下短文再作答：

Benim adım Adnan, iş adamıyım. İşlerim gereği sık sık seyahate çıkarım. Bir şehirden başka bir şehre gitmek için çoğu zaman hızlı trene binerim. Çünkü hızlı tren uçaktan hem daha ucuz hem rahat. Ayrıca her ay iş için de yurt dışına çıkmam gerekir.

O zaman uçakla seyahat ederim. Dünyanın bir ucundan öbür ucuna uçakla gitmek artık çok kolay. Ama uçak yolculuklarından çok sıkılırım. Kapalı alanda kalmayı hiç sevmem ve uçak yolculuğu beni yorar.

Yoğun işlerime rağmen yılda bir kez ailemle birlikte tatile çıkarım. Deniz kıyısında güzel bir yazlığım var ve her yıl tatile oraya giderim. Her sabah kahvaltıyı bitirir bitirmez tekneyle denize çıkarım. Denizin ortasında güneşlenirim ve oltayla balık tutarım. Denize o kadar düşkünüm ki emekli olur olmaz kendi teknemle dünya turuna çıkmak istiyorum.

生詞：

seyahat, -ti 名 旅行	bitirmek 動 完成
uç 名 一端	tekne 名 船
sıkılmak 動 厭煩	güneşlenmek 動 曬太陽、作日光浴
yormak 動 令人感到疲倦	olta 名 釣魚竿
rağmen 連 儘管、雖然	düşkün 形 熱衷於……的
yazlık 名 避暑別墅	tur 名 環遊、旅遊

正確的敘述請寫 D (doğru)，錯誤的敘述請寫 Y (yanlış)。

(   ) ❶ Adnan Bey iş adamı.

(   ) ❷ Adnan Bey şehirlerarası seyahati için uçağı tercih eder, çünkü hem daha ucuz hem rahat.

(   ) ❸ Adnan Bey yurt dışına gemiyle gider.

(   ) ❹ Adnan Bey hem hızlı trenle hem de uçakla seyahat etmeyi sever.

(   ) ❺ Adnan Bey her yıl ailesiyle birlikte tatile çıkar.

(   ) ❻ Tatilde Adnan Bey her sabah kahvaltıdan sonra dağa çıkar, yürüyüş yapar.

(   ) ❼ Adnan Bey, denizin ortasında tekneyle balık tutar.

(   ) ❽ Adnan Bey emekli olur olmaz kendi teknesiyle dünya turuna çıkmak ister.

MP3-05

araç	名 交通工具
kısaca	副 簡單來說
kullanışlı	形 實用的
mesafe	名 距離
ödemek	動 付款
özel	形 私人的
park etmek	動片 停車
ulaşım	名 交通運輸
ücret, -ti	名 費用
yükleme yapmak	動片 加值、儲值

Ders 3 KONUŞABİLİR MİYİZ?
第三課 我們可以談談嗎？

本課學習目標

1. 能夠動詞
2. 相互語態
3. 名詞或代名詞與 için 連用

MP3-06

I.1 對話

Elif İçin Ev Arayışı 幫 Elif 找房子

Berna: Evet daha önce de dediğim gibi Elif Tayvan'a yeni geldi. Geçici olarak benim yanımda kalıyor. Ama biliyorsun benim odam çok küçük. Şimdilik idare ediyoruz. Elif için kalacak yer arıyoruz. Senin bir önerin var mı?

就像我之前提過的，Elif 剛到台灣來，她暫時先跟我住。但你知道我房間很小，現在勉強湊和。我們在替她找住處。你有什麼建議嗎？

Ali: Hmm. Yurtta kalabilir. Yurt için başvurmadınız mı?

嗯⋯⋯她可以住宿舍。妳們沒申請宿舍嗎？

Berna:	Evet konuştuk yurt müdürüyle ama yurtta hiç yer yokmuş. Ayrıca Elif yurtta kalmak istemiyor.	我們跟宿舍主任談過，但是宿舍裡已經沒有空房了。而且 Elif 也不想住宿舍。
Ali:	Öyle mi, Elif? Neden?	是那樣嗎，Elif？為什麼？
Elif:	Ben genellikle geceleri daha iyi çalışıyorum. Yurtta kalan diğer arkadaşları rahatsız etmek istemiyorum. Bir de kendi odamda yalnız kalmayı seviyorum. Bu nedenle bir ev tutarsam daha iyi olacak. Evde olursam sizi davet edebilirim ve sizin için güzel Türk yemekleri pişirebilirim. Ayrıca birlikte daha çok sohbet edebiliriz.	我通常在夜晚唸書更有效率，不想打擾到住宿的其他同學。還有我喜歡一個人待在自己的房裡，所以我自己租房子住會比較好。自己租房子住的話我可以邀請你們來，做美味的土耳其菜請你們吃。而且我們還可以聚在一起多聊天。
Berna:	Evet, Elif çok güzel yemek pişiriyormuş. Bence ona mutfaklı bir ev bulalım. Sık sık buluşup gideriz, yemeklerini yeriz.	沒錯，聽說 Elif 很會做菜。我覺得我們來幫她找間有廚房的房子，就能常常一起去跟她碰面，吃她做的菜。
Ali:	İsterseniz şimdi hemen arkadaşlarımı arayıp sorabilirim. Belki boş bir oda vardır.	你們要的話我現在可以馬上打給朋友們問問看，說不定會有空房。
Berna:	Evet, lütfen. İstersen ona benim cep telefon numaramı verebilirsin. Beni arayabilir, çünkü Elif'in henüz numarası yok.	好，麻煩你。你也可以給他我的手機號碼。他可以打給我，因為 Elif 還沒有電話號碼。
Ali:	Tamam, anlaştık. Bana telefon numaranı tekrar söyleyebilir misin?	好，那就說定了。妳可以再跟我說一次妳的電話號碼嗎？

I.2 短文

Elif Yeni Evinde

Elif ve arkadaşları kiralık birkaç yere baktıktan sonra sonunda kalacak bir yer buldular. Üstelik bu evin kirası da çok yüksek değil ve okula yakın. Artık Elif evden okula yürüyerek gidebilir, arkadaşlarına Türk yemekleri pişirebilir hatta yolunun üzerindeki manavdan taze mevye seçebilir ve derse girmeden önce kahvaltı edebilir. Evin küçük bir mutfağı da var. Bu, Elif için çok önemli çünkü o yemek yapmayı çok seviyor.

Elif bugün biraz heyecanlı çünkü akşam arkadaşları yemeğe gelecek. Onlar için yemek hazırlayacak. Elif uzun bir süre ne yapacağını düşündü. Hatta bunun için annesiyle telefonlaşıp uzun uzun konuştu.

Elif, arkadaşlarıyla üniversitenin ana kapısında buluştu. Ayaküstü biraz sohbet ettikten sonra birlikte eve yürüdüler. Yolda manava uğrayıp biraz meyve aldılar. Evde hep birlikte güzel bir akşam yemeği yediler. Elif'in arkadaşları Türk yemeklerini çok sevdiler ve başka bir zaman tekrar buluşmak için anlaştılar.

Elif 的新家

Elif 和她的朋友們看了幾間出租的房子後終於找到了住的地方。而且房租還不會很高，離學校也近。今後 Elif 就能走路到學校，可以煮土耳其菜給朋友們吃，甚至在路上的蔬果攤就能挑選到新鮮的水果，也能吃過早餐再去上課。房子裡還有個小廚房，這對 Elif 來說很重要，因為她非常喜愛做菜。

Elif 今天有點緊張，因為晚上朋友們要來家裡用餐。她要做菜給他們吃。要做哪些菜讓她考慮了很久，甚至還為此跟媽媽講了很久的電話。

Elif 跟朋友們在學校正門會合，他們站著聊了一會兒後就一起走去她家。他們路上先在蔬果攤買了一些水果。在家裡一同享用了一頓美味的晚餐。Elif 的朋友們非常喜歡土耳其菜，他們也約好了改天要再聚在一起。

II.1 能夠動詞

II.1.1 意義

我們在動詞字根與時態人稱字尾之間加上 -abil-, -ebil-; -yabil-, -yebil- 形成的「能夠動詞」：

1. 表達某人於某段時間內有能力做某事；例如：Türkçe konuşabilirim.（我會說土耳其語。）Araba sürebilirim.（我會開車。）Taksiye bindim, sınava ancak yetişebildim.（我搭計程車才趕得上考試。）

2. 和寬廣式連用表達可能性；例如：Bu akşam eve geç gelebilirim.（我今天晚上可能會遲些回家。）Onlar belki bu akşam size uğrayabilir.（他們也許今晚去看你。）

3. 以「能夠動詞」搭配寬廣式問句可表達客氣的請求或徵詢同意；例如：Adınızı ve telefon numaranızı öğrenebilir miyim?（我可以請教您的大名和電話號碼嗎？）Buraya oturabilir miyim?（我可以坐這裡嗎？）Bana yardım edebilir misiniz?（您可以協助我嗎？）

4. 以「能夠動詞」搭配寬廣式第二人稱的直述句可表達同意、允許；例如：Tamam, gidebilirsin.（好的，你可以離開了。）Burası boş, tabii oturabilirsin.（這裡空著，你當然可以坐。）

我們要表達「某人在某段期間不能、無法做到某事」時，則在動詞字根後先加上能夠動詞的否定型態（-ama-, -eme-; -yama-, -yeme-），再加上時態及人稱字尾；例如：Türkçe konuşamam.（我不會說土耳其語。）Araba süremem.（我不會開車。）Dün çok hastaydım, yataktan kalkamadım.（昨天我病得很重，沒能從床上起身。）Sibel hastalandı ve geziye katılamadı.（Sibel 病了而沒能參加旅行。）

但以能夠動詞加上寬廣式表達「可能不會……」的語意時，需使用 -mayabilir- 或 -meyebilir- 的否定型態；例如 Yarın yağmur yağmayabilir.（明天可能不會下雨。）Bize yardım etmeyebilir.（他可能不會幫忙我們。）Yarın erken gelmeyebilirim.（我明天可能不會早來。）

II.1.2 型態

動詞字根之後，根據最後一個音節的母音諧音加上 -a- 或 -e-，再和助動詞 bil- 連接，即成為表達「具有做某事能力」或「某事可能會發生」的不定詞（-abil-, -ebil-），若動詞字根以母音結尾時，則需墊上 y 寫成 -yabil- 或 -yebil-。例如："yazabilmek（具書寫能力）"，"pişirebilmek（具烹調能力）"，"okuyabilmek（具閱讀能力）"，"yürüyebilmek（具行走能力）"；"yağmur yağabilmek（可能下雨）"，"geç kalabilmek（可能遲到）"等。

表達「不具做某事能力」、帶有否定意味的不定詞，則是將肯定型態去掉助動詞 bil-，僅保留 -a- 或 -e-，再加上表示否定的 -ma- 或 -me-（-ama-, -eme-），若動詞以母音結尾，則墊上 y 寫成 -yama- 或 -yeme-。例如："yazamamak（不具書寫能力、無法書寫）"，"pişirememek（不具烹調能力、無法烹煮）"；"okuyamamak（不具閱讀能力、無法閱讀）"，"yürüyememek（不具行走能力、無法行走）"等。

而表達「某動作可能不會發生」、帶有否定意味的不定詞，則是在動詞字根後先加上表示否定的 -ma- 或 -me-，墊 y 再加上肯定型態的 -abil- 或 -ebil-（-mayabil-, -meyebil-）。例如："yağmur yağmayabilmek（可能不下雨）"，"geç kalmayabilmek（可能不會遲到）"，"görmeyebilmek（可能不看）"，"uyumayabilmek（可能不睡）"等。

II.1.3 例句

下面是改寫自課文的段落，讓我們特別注意其中「能夠動詞的使用」。

Elif geçici olarak Linda'nın yanında kalabiliyor. Yurtta kalamaz, çünkü yurtta hiç yer yokmuş. Elif, arkadaşlarıyla kiralık birkaç yere bakmış, sonunda kalacak bir yer bulabilmiş. Bundan sonra Elif evde Türk yemekleri pişirebilir, arkadaşlarını eve davet edebilir, birlikte sohbet edebilirler. Evden okula yürüyerek gidebilir, yolun üzerindeki manavdan taze mevye seçebilir ve derse girmeden önce kahvaltısını alabilir.

接下來是運用「能夠動詞」的其他例句：

- Bugün hava çok güzel. Bahçede top oynayabiliriz, pikniğe gidebiliriz veya yürüyüşe çıkabiliriz.

  （今天天氣很好。我們可以在花園裡玩球，去野餐或是散步。）

- Ayşe'nin babası bir ressam. Çok güzel resim yapabiliyor.

  （Ayşe 的爸爸是個畫家。他能畫出美麗的圖畫。）

- Çok acıktım. Birkaç sandviç yiyebilirim.（我好餓。我可以吃下幾個三明治。）

- Öğrenci kimliğimi bulamadım.（我找不到我的學生證。）

- Ali çok hasta. Dışarıya çıkamıyor, derse gelemiyor.

  （Ali 病得很重。他沒辦法出門，也不能來上課。）

- Dün akşam elektrikler gitti. Ödevlerimi bitiremedim.

  （昨天晚上停電了。我無法完成我的作業。）

- Dersten sonra beni bekleyebilir misin?（下課後你可以等我嗎？）

- Bu dar yoldan kamyon geçebilir mi?（卡車能夠通過這條窄路嗎？）

- Bilgisayar kullanabilir misiniz?（您會使用電腦嗎？）

- Bu akşam arkadaşımın evinde kalabilir miyim?（我今天晚上可以住在朋友家嗎？）

- Çok yorgun görünüyorsun. Dün gece iyi uyuyamadın mı?

  （你看起來很累。昨天夜裡你沒能夠睡好嗎？）

- Erkek kardeşin basketbol oynayamaz mı?（你弟弟不會打籃球嗎？）

- Birkaç gün sonra havalar iyice ısınabilir. O zaman denize girmemiz daha uygun olur.

  （天氣大概再過幾天會變暖。到時我們再去海邊游泳比較恰當。）

- Bence Ali bu işi kabul etmeyebilir.（我覺得 Ali 可能不會接受這份工作。）

II.2 相互語態

II.2.1 意義

土耳其語的動詞句中，根據主詞與動詞之間的關係共有如下四種語態動詞（çatı fiilleri）：

1. 相互動詞 İşteş Fiiller（兩個以上的主詞互相或共同做同一動作）；
2. 反身動詞 Dönüşlü Fiiller（主詞做的動作只影響到主詞自身）；
3. 被動動詞 Edilgen Fiiller（主詞為某動作或某事件的受影響者）；
4. 使役動詞 Ettirgen Fiiller（主詞自身不做、驅使他人去做某動作）。

本課介紹的相互語態用來表達兩個（或雙方）或兩個以上的主詞共同或互相做某個動作。處於相互語態下的動詞，稱為「相互動詞」（İşteş Fiiller）。

II.2.2 型態

通常在主動意義的動詞字根之後加上 -ş-（動詞字根以母音結尾時）或依據最後一個音節母音諧音加上 -ış-, -iş-, -uş- 或 -üş-，即可組成相互動詞。相互動詞通常與 ile 搭配使用。例如：

Etken Fiiller（主動動詞）	İşteş Fiiller（相互動詞）
anlamak（了解）	anlaşmak（達成協議、和解）
bulmak（找到）	buluşmak（會面、會合）
çekmek（拉扯）	çekişmek（互相拉扯、爭執）
görmek（看見）	görüşmek（會見、會晤；會談、討論）
kaçmak（逃）	kaçışmak（紛紛奔逃）
karşılamak（迎接）	karşılaşmak（巧遇、不期而遇）
koşmak（跑）	koşuşmak（一同奔跑）
tanımak（認識）	tanışmak（相識、互相認識）
uçmak（飛翔）	uçuşmak（紛紛飛起）

有些名詞依據其最後一音節的母音諧音加上 -laş- 或 -leş- 後，可以組成相互動詞。例如：

İsim kökü（名詞字根）	İşteş Fiiller（相互動詞）
dert（煩惱）	dertleşmek（互相傾訴煩惱）
haber（消息）	haberleşmek（通訊、互相聯絡）
koku（氣味）	koklaşmak（互相嗅、聞）
mektup（書信）	mektuplaşmak（通信）
selam（打招呼、問候）	selamlaşmak（互相打招呼、問候）
telefon（電話）	telefonlaşmak（互相通電話）
veda（說再見；道別）	vedalaşmak（互相道別）
yardım（協助、幫忙）	yardımlaşmak（互助、互相幫忙）

II.2.3 例句

接下來我們一起來看看使用「相互語態」的例句：

- Tamam, anlaştık. Yarın sabah saat onda istasyonda buluşalım. Sonra birlikte Elif'e gidelim.（好的，那我們就說定了。明天早上十點我們在火車站碰面。然後一起去 Elif 家。）

- Elif, arkadaşlarına Türk yemeği pişirmek için annesiyle telefonlaştı, telefonda uzun uzun konuştular.（Elif 為了做土耳其菜給朋友們吃，跟媽媽通了電話，在電話中講了很久。）

- 15 yıl önce tanıştılar. Çok iyi arkadaş oldular. Birbirleriyle haberleşiyor, dertleşiyor ve sık sık yardımlaşıyorlar.（他們在十五年前相識。成了很要好的朋友。他們互相聯絡、互吐苦水，而且常常互相幫忙。）

- Kendine iyi bak. Görüşürüz.（自己好好保重。再見。）

- Hayvan koklaşa koklaşa, insan konuşa konuşa anlaşır.（動物透過互相嗅聞味道，人們藉著交談而互相了解。）

- Dün kütüphanede karşılaştılar ama selamlaşmadılar.（他們昨天在圖書館巧遇，但沒打招呼。）
- Telefon numaranı alabilir miyim? Haberleşelim de görüşelim.（我可以跟你要電話號碼嗎？讓我們保持聯絡也好碰面。）

II.2.4 相互語態與 birbiri 代名詞的應用

　　由於並非所有的動詞都能轉換成相互語態，當語意需要表達「彼此、互相」的語意時，我們可以透過代名詞 "birbiri" 加上複數的人稱所屬格表達；birbirimiz（我們彼此、互相），birbiriniz（你們彼此、互相），不過，「他們彼此、互相」需寫成 "birbirleri"。再根據之後的動詞搭配的格（受格、從格、到格或在格）或是相互動詞的 ile 加接相關的格。例如：

- Birbirlerini tanımadılar.（他們互相不認識。）〔tanımak 為及物動詞，與受格連用〕
  = Birbirleriyle tanışmadılar.〔tanışmak 為相互動詞，與 ile 連用〕

- Birbirimize yardım ediyoruz.（我們互相幫忙。）〔yardım etmek 與到格連用〕
  = Birbirimizle yardımlaşıyoruz.〔yardımlaşmak 為相互動詞，與 ile 連用〕

- Birbirinizden nefret eder misiniz?
  （你們會互相討厭對方嗎？）〔nefret etmek 與從格連用〕

- Tatilde birbirimizde kalırız.（假期中我們會輪流住對方家。）〔kalmak 與在格連用〕

II.3 名詞或代名詞與 için 連用

II.3.1 意義

我們學過不定詞 -mAk 與 için 連用表達「為了（不）……」的用法，接著來學名詞或代名詞與 için 連用。名詞或代名詞與 için 連用時，句中仍是補語的功能。根據上下文，名詞或代名詞與 için 連用有以下兩種語意：

1. 「為了（某人／某事／某物）……」：

   例如：

- Elif için kalacak yer arıyoruz.（我們正在為 Elif 找住的地方。）
- Sizin için güzel Türk yemekleri pişirebilirim.（我可以為你們做美味的土耳其菜。）
- Yeni dönem için plan yapıyoruz.（我們正在為新學期做規劃。）

2. 「對（某人／某事／某物）而言……」：

   例如：

- Bu gün için doğum günü pastası iyi bir fikir olacak.
  （對這一天來説，生日蛋糕將會是個很棒的主意。）
- Benim için fark etmez.（對我來説沒差。）
- Bu tarih sizin için de uygun mu?（這個日期對您來説也合適嗎？）

* 若是單音節的代名詞，如人稱代名詞的 ben, sen , o, biz, siz；指示代名詞 bu, o 與 için 連用時需加上所有格 benim için, senin için, onun için, bizim için, sizin, için; bunun için, onun için。而雙音節的第三人稱複數代名詞 onlar 則可與 için 直接連用、寫成 onlar için 即可。

* 不過，指示代名詞組成的 bunun için, onun için 意思是「因此、所以」。

II.3.2 例句

接下來，讓我們透過例句來熟悉名詞或代名詞與 için 連用的用法。

- Bizim için birkaç şarkı söyleyebilir misiniz?（您可以為我們唱幾首歌嗎？）
- Özgürlük için son ana kadar savaşırım.（為了自由我會奮戰到底。）
- Toplantı için hazırlık yapıyoruz.（我們正在為會議做準備。）
- Piknik için gerekli malzemeler neler?（哪些是野餐必須的材料呢？）
- Uçak biletlerinde öğrenciler için indirim var mı?（機票有學生折扣優惠嗎？）

再來看看指示代名詞 bu, o 與 için 連用表達「因此、所以」的例句：

- Bu sabah geç kalktım, kahvaltı yapamadım. Bunun için çok acıktım.

  （今天早上我晚起、沒能吃早餐。所以現在很餓。）

- Yarın sınav olacak. Onun için hepimiz ders çalışıyoruz.

  （明天將有考試，因此我們大家都在用功。）

- Yarınki iş görüşmesi senin için çok önemli mi? Onun için mi bu kadar

  heyecanlandın?

  （明天的工作晤談對你來說很重要嗎？所以你才這麼緊張嗎？）

III.1 問答題

請根據提示，使用能夠動詞簡答。

例如： - Siz futbol oynayabilir misiniz?

- Evet, (ben) _____ . → *oynayabilirim*

❶ A: Sen gitar çalabilir misin?

B: Hayır, _____ .

❷ A: Çocuklar yemek yapabilirler mi?

B: Evet, _____ .

❸ A: Ayfer İngilizce konuşabilir mi?

B: Hayır, _____ .

❹ A: Anneciğim, dondurma yiyebilir miyim?

B: Evet, _____ .

❺ A: Babanız maraton koşabilir mi?

B: Hayır, _____ .

❻ A: Burada sigara içebilir miyim?

B: Hayır, _____ .

❼ A: Ödevlerini bitirebildin mi?

B: Dün akşam elektrikler gitti. Maalesef ödevlerimi _____ .

❽ A: Yarın bana yardım edebilecek misin?

B: Tabii _____ .

III.2 填充題

請選出合適的動詞，根據上下文語意運用能夠動詞完成句子。

> çalışmak / içmek / gitmek / oturmak / beklemek
>
> kullanmak / çıkmak / dikmek / yazmak

例如：Başım ağrıyor. Ders _____ . → *çalışamıyorum*

➊ Bilgisayar kursuna başladım. İleride bilgisayar _____ .

➋ Ahmet henüz 18 yaşını doldurmadı. İçki _____ .

➌ Çince çok zor bir dil. Konuşabilirim ama _____ .

➍ Bugün çok işim var. Seninle alışverişe _____ .

➎ Ablam çok becerikli bir terzi. Sana çok güzel bir gelinlik _____ .

➏ Pardon, bu sandalye boş mu? (ben) _____ ?

➐ Hafta sonu yağmur yağacak. Biz pikniğe _____ .

➑ Dersten sonra (sen) beni _____ ?

III.3 選擇題

請選擇正確的詞語以完成下面的對話。

A: ➊ _____ , buralarda eczane ➋ _____ mı?

B: Evet, var.

A: Nasıl ➌ _____ ?

B: Çok ➍ _____ . Şu yoldan ➎ _____ , 50 metreden sonra
  eczaneyi ➏ _____ .

A: Yardımınız için ➐ _____ .

B: ➑ _____ .

① a. Ne haber   b. Nasılsın   c. Affedersiniz   d. Buyurun

② a. var   b. kolay   c. uzak   d. yakın

③ a. görebilirim   b. gelebilirim   c. duyabilirim   d. gidebilirim

④ a. iyi   b. yakın   c. yorgun   d. üzgün

⑤ a. oturun   b. yürüyün   c. yüzün   d. zıplayın

⑥ a. bekleyebilirsiniz   b. duyabilirsiniz

   c. sorabilirsiniz   d. görebilirsiniz

⑦ a. teşekkür ederim   b. bir şey değil

   c. sevindim   d. üzüldüm

⑧ a. Kusura bakmayın   b. Affedersiniz

   c. Rica ederim   d. Afiyet olsun

III.4 填充題

請根據中文選擇合適的動詞完成句子。

koşmak / anlaşmak / etmek / telefonlaşmak / kapatmak
yemek / buluşmak / öğrenmek / kaldırmak

例如：Ali 先生年紀很大，他跑不動。

   Ali Bey çok yaşlı. O _____ .

   → *koşamaz*

① 我很喜歡你，但是這件事情上我不能幫你。

   Ben seni çok severim, ama bu konuda sana yardım _____ .

② 你認為 Murat 能在幾個月內學會中文？

   Sence Murat kaç ayda Çince _____ ?

③ 你能把音樂關掉嗎？我明天有考試，我在唸書。

Müziği _____ misin? Yarın sınavım var ve ders çalışıyorum.

④ 我頭很痛。明天或許不能和你見面了。

Başım çok ağrıyor. Belki yarın seninle _____.

⑤ Ayfer 每個週末都跟她在日本的姐姐通電話。

Ayfer her hafta sonu Japonya'daki ablasıyla _____.

⑥ 兩個朋友道別時説好 10 年後同一天、同一時間、同一個地方要再見面。

İki arkadaş vedalaşırken _____. 10 yıl sonra aynı gün, aynı saat,

aynı yerde buluşacaklar.

⑦ 那些東西很重，我一個人抬不起來。

Onlar çok ağır, tek başıma _____.

⑧ 我拔了牙，現在沒辦法吃東西。

Dişimi çektirdim. Şu anda yemek _____.

III.5 配合題

請選擇合適的述詞完成以下句子。

( )　❶ Hasan ve Hande bir partide _____.　　a. buluşalım

( )　❷ Arkadaşımla her konuda _____.　　b. selamlaşmadılar

( )　❸ Hiç zamanım yok. Seninle _____.　　c. telefonlaşalım

( )　❹ Yarın sabah 9'da okulda _____.　　d. yardımlaşıyoruz

( )　❺ Birbirini gördüler, ama hiç _____.　　e. vedalaştılar

( )　❻ Kendine iyi bak. _____.　　f. konuşamam

( )　❼ Telefon numaranı aldım. Bundan sonra　　g. tanıştılar

　　　_____.

( )　❽ Mezuniyet töreninde öğrenciler birbirleriyle　　h. Görüşürüz.

　　　_____.

MP3-07

ana kapı	名	大門
anlaşmak	動	達成協議
ayaküstü	副	站著；匆忙地；簡短地
başvurmak	動	申請
birbiri	代	彼此、互相
bu nedenle	副	所以、因此
denemek	動	嘗試
elektrik	名	電力
ev tutmak	動片	租房子
geçici	形	暫時的
genellikle	副	通常
idare etmek	動片	湊合
kamyon	名	卡車
kira	名	出租；租金
kiralık	形	出租的
müdür	名	主任；經理
öğrenci kimliği	名	學生證
özgürlük	名	自由
rahatsız etmek	動片	打擾
sandviç	名	三明治
şimdilik	副	現在、目前
tarif etmek	動片	描述、說明
telefonlaşmak	動	通電話
uğramak	動	順道拜訪

uzanmak	動 平躺
üzeri	名 上面
yeni	副 剛剛、不久前

Ders 4 BİRAZ GÜLELİM!

第四課　笑一笑！

本課學習目標

1. 傳說過去式

2. 名詞句的傳說過去式表達

MP3-08

I.1 短文

I.1.1 Şükretmek 感謝上蒼

Nasreddin Hoca bir gün eşeğini kaybetmiş. Her yerde aramış, önüne gelen herkese sormuş ama eşeğini bulamamış. Ama o yine de oturup ağlamamış. Bunun yerine şükretmeye başlamış. Onu gören komşuları: Aman Hocam, canın sağ olsun ama sonuçta eşeğini kaybettin, neden üzülmüyorsun da şükredip duruyorsun?

Hoca cevap vermiş: Şükrediyorum tabii. Ya ben de eşeğin üstünde olsaydım...?

有一天納斯雷丁教長弄丟了他的驢子。他到處找，詢問每個來到他面前的人，但還是找不到他的驢子。他卻沒坐下來哭泣反而開始感謝上蒼。鄰居們看到他，問道：「教長啊，希望你一切安好，你畢竟弄丟了驢子，為什麼你不難過卻只是感謝上蒼呢？」

教長答道：「我當然要感謝主。要是我當時騎在驢子上的話……」

I.1.2 Kaç Motosikletmiş? 幾輛摩托車？

Temel yeni bir motosiklet almış. Arkadaşı Dursun ile gezmeye karar vermişler. Uzun bir süre gezmişler ve akşam olmuş. Bir süre sonra Temel karşıdan yan yana gelen iki motosiklet görmüş. Aslında bu bir arabaymış. Dursun'a "Bak Dursun, şimdi şu karşıdan gelen iki motosikletin arasından geçeceğim." demiş. Tabii tam geçerken bir gürültü kopmuş ve motosiklet devrilmiş. Dursun ile Temel bir tarafa, motor diğer tarafa yuvarlanınca Dursun, Temel'e "Ne oldu? Neden düştük?" diye sormuş. Temel de "İki değil, üç motosiklet varmış. Ortadaki lambayı açmamış." demiş.

Temel 買了一輛新摩托車，決定和朋友 Dursun 一同外出兜風。他們逛了許久一直到黃昏。又過一陣子，Temel 看到了對向兩輛並排的摩托車。其實這是一部汽車。他便跟 Dursun 說：「Dursun，你看好，我將從那兩輛摩托車中間穿過去。」結果他正要穿越時，聽到一聲轟隆巨響，摩托車翻倒在地。Dursun 和 Temel 兩人滾向一邊，摩托車倒向另一邊。Dursun 問 Temel：「發生了什麼事？我們為什麼摔車了？」Temel 說：「不是兩輛摩托車，而是有三輛摩托車。中間那輛沒開燈。」

I.2 對話

Mizah Hakkında 關於幽默

A: Sence mizah ülkeden ülkeye ya da kültürden kültüre değişir mi?

你覺得幽默這件事會隨著國家或文化不同而改變嗎？

B: Ne demek istediğini anlamadım.

我不懂你想說什麼。

A: Anlatayım. Tayvanlı arkadaşıma Türkçeden bazı fıkralar anlatıyorum ama ona fazla komik gelmiyor. Ben çok gülüyorum ama o hiç gülmüyor.

我解釋一下。我講了一些土耳其文的笑話給我的台灣朋友聽，但是他覺得不怎麼好笑。我都笑歪了，他卻完全沒笑。

B: Haha, neden gülmüyor?

哈哈，他為什麼不笑？

A: Ona göre komik değilmiş. Mesela geçen gün şunu anlattım, hiç gülmedi. Adam doktora gitmiş. Doktor neyin var diye sorunca adam da "Çay içerken gözüm ağrıyor." demiş. Doktor da "Bakalım nasıl oluyormuş?" deyip bir çay söylemiş. Adam çayı içince doktor "Bir daha çay içerken çay kaşığını çıkar." demiş.

他似乎不覺得好笑。比方說前天我講了這個笑話，他就沒笑；有個男的去看醫生，醫生一問他哪裡不舒服，他就說：「我喝茶的時候眼睛會痛。」醫生便說：「我們來看看怎麼回事？」並叫人送茶過來。當這個人一喝茶，醫生就告訴他：「你下次再喝茶時，要把茶匙拿出來。」

B: Ha ha ha.

哈哈哈。

A: Bak sen gülüyorsun ama Tayvanlı arkadaşım gülmüyor.

瞧，你笑了，可是我台灣朋友沒笑。

B: Tabii gülmez. Tayvanlılar bizim gibi çay kaşığıyla çay içmezler ki. Gülmemeleri çok normal.

他當然不笑囉。台灣人喝茶又不像我們會用到茶匙，不笑很正常啊。

A: Haklısın galiba. Onların kültüründe olmayan şey onlara tabii ki komik gelmiyor.

大概你說對了，自己的文化裡沒有的東西他們當然不會覺得有趣。

B: Evet, sen en iyisi onlara fıkra anlatma. Ooo saat çok geç olmuş. Öğretmen sınıfa girmiştir bile. Benim hemen gitmem lazım. Hoşça kal. Sen de dikkat et. Çay içerken kaşığını çıkarmayı unutma!

是啊，你最好是別跟他們講笑話。哦，時間這麼晚了，老師恐怕已經進教室了。我得趕快走了，再見。你也注意一下，喝茶時別忘了把茶匙拿出來！

A: Ha ha ha. Çok komik.

哈哈哈，真好笑。

II.1 傳說過去式

II.1.1 意義

我們曾學過土耳其語對於過去（發生在敘述前）事件的表達分為確實過去式和傳說過去式。本單元我們將學習的傳說過去式，有別於確實過去式中「敘述者親身經歷或深信不疑」的過去事實，而傳達「敘述者未親身參與、不確知是否發生的動作、從他人轉述間接得知的訊息」、或是「事後才察覺的動作」：

(1)敘述者從他人轉述間接得知的過去事實。

　　例如：Yeni bir araba almışsınız.（聽說您買了部新車。）

　　　　　Japonya'da gene bir deprem olmuş.（據說日本又發生了地震。）

(2)敘述者事後才察覺的過去事實。

　　例如：Aaa! Kar yağmış.（啊，下雪了。）

　　　　　Eyvah! Elektrik kesilmiş.（哎呀，停電了。）

II.1.2 型態變化

II.1.2.1 傳說過去式肯定句

傳說過去式肯定句的基本型態（第三人稱單數）是在動詞字根之後，根據最後一音節的母音諧音，而有 -mış, -miş, -muş, -müş 四種變化：

動詞不定式	動詞字根	傳說過去式肯定句第三人稱單數
aramak	ara-	aramış
çalışmak	çalış-	çalışmış
kaybetmek	kaybet-	kaybetmiş
vermek	ver-	vermiş
sormak	sor-	sormuş
unutmak	unut-	unutmuş
görmek	gör-	görmüş
üzülmek	üzül-	üzülmüş

II.1.2.2 傳説過去式否定句

　　傳説過去式否定句的基本型態（第三人稱單數）跟大多數時態的否定句一樣，是在動詞字根之後根據最後一音節的母音諧音變化加上表示否定的 -ma- 或 -me-，再加接時態字尾而有 -mamış, -memiş 兩種變化。例如：

- O fıkrayı beğenmiş ve çok gülmüş.（他喜歡那個笑話而且笑得很開心。）
- O fıkrayı beğenmemiş ve gülmemiş.（他不喜歡那個笑話也沒笑。）
- Ahmet mezun olmuş.（聽説 Ahmet 畢業了。）
- Ahmet mezun olmamış.（聽説 Ahmet 還沒畢業。）

II.1.2.3 傳説過去式疑問句

　　傳説過去式疑問句的型態，也像現在式、未來式的疑問句一樣，在時態字尾 -mış, -miş, -muş, -müş 之後根據諧音變化使用「嗎」疑問詞 mı, mi, mu, mü，再接人稱字尾。例如：

- Hocamız sınıfa girmiş.（我們的老師進了教室。）
- Hocamız sınıfa girmiş mi?（我們的老師進教室了嗎？）
- Sen henüz uyumamışsın.（你還沒睡。）
- Sen henüz uyumamış mısın?（你還沒睡嗎？）

　　接下來，我們以 vermek 為例，來看看它在不同人稱下的肯定、否定、肯定疑問以及否定疑問句的變化：

	肯定句	否定句	肯定疑問句	否定疑問句
ben	vermişim	vermemişim	vermiş miyim?	vermemiş miyim?
sen	vermişsin	vermemişsin	vermiş misin?	vermemiş misin?
o	vermiş	vermemiş	vermiş mi?	vermemiş mi?
biz	vermişiz	vermemişiz	vermiş miyiz?	vermemiş miyiz?
siz	vermişsiniz	vermemişsiniz	vermiş misiniz?	vermemiş misiniz?
onlar	vermişler	vermemişler	vermişler mi?	vermemişler mi?

II.1.3 小練習

　　請將下文劃線部分的確實過去式句子依序改寫成傳說過去式（請留意肯定、否定變化）。

例如：Bebek iki saat ağladı. → *ağlamış*

　　Ayşe dün çok geç ❶ yattı. Bu sabah da geç ❷ kalktı. Kahvaltı ❸ yapmadı, derse yetişmek için taksiyle okula ❹ gitti. Ders çoktan başlamıştı. Hocadan özür ❺ diledi ve sınıfa ❻ girdi. Nedense herkes ona bakıp ❼ gülümsedi. Dersten sonra Hacer yanına ❽ geldi ve "Niçin bir siyah bir mavi çorap giydin ki?" diye ❾ sordu.

❶	❷	❸
❹	❺	❻
❼	❽	❾

II.2 名詞句的傳說過去式表達

II.2.1 意義

　　我們已經知道，放在形容詞或名詞之後，表達「是」意思的字尾動詞，它描述的是「目前的狀態」。後來我們又學到如何透過名詞句的確實過去式來表達說話者確知或深信不疑的「曾經是」語意。例如：Yorgunum. 表示「我目前很累」，Yorgundum. 則是「我當時很累。」

　　「名詞句的傳說過去式」則用來表達以下語意：

(1)對敘述者而言，經人轉述而間接得知的過去或現在已然訊息；

　　例如：Üniversite öğrencisiymiş.（聽說他當時是個大學生。）〔聽人轉述的過去訊息〕

　　　　　（聽說他是個大學生。）〔聽人轉述（包括當事人自述）的現在已然訊息〕

　　　　　Türkiye çok soğukmuş.（聽說土耳其很冷。）〔敘述者不在場，間接得知的訊息〕

(2)強調敘述者突然察覺到的已然事實（無轉述意味）；

　　例如：Bugün hava çok soğukmuş!（今天天氣好冷！）〔一打開門才察覺〕

　　　　　Türkiye çok soğukmuş.（原來，土耳其很冷！）〔敘述者抵達當地後才察覺到〕

　　　　　至於名詞句的傳說過去式究竟何時表達過去、何時傳達現在已然訊息，必須

　　　　　從其語境因素來加以判別。

(3)表達帶有嘲弄意味或是敘述者本身都感到懷疑的事情；

　　例如：Ali, güya sınıfın en çalışkan öğrencisiymiş.

　　　　　（聽說 Ali（居然）是班上最用功的學生。）〔敘述者感到懷疑〕

　　　　　Annesine göre Dilek dünyanın en uslu kızıymış.

　　　　　（在她的母親看來，Dilek 是世界上最乖巧的女孩。）〔帶有嘲弄意味〕

II.2.2 型態變化

II.2.2.1 肯定句

　　名詞句的傳說過去式肯定句的基本型態（第三人稱單數）；當形容詞或名詞以子音結尾時，依據最後一音節的母音諧音而有 -mış, -miş, -muş, -müş 四種變化；但若形容詞或名詞以母音結尾，則需先墊 y 再諧音，而有 -ymış, -ymiş, -ymuş, -ymüş 四種變化。

　　以下讓我們透過表格來學習名詞句傳說過去式肯定句在不同人稱時的型態變化：

	最後一音節 母音為 a / ı	最後一音節 母音為 e / i	最後一音節 母音為 o / u	最後一音節 母音為 ö / ü
ben	mimarmışım	güzelmişim	doktormuşum	küçükmüşüm
sen	mimarmışsın	güzelmişsin	doktormuşsun	küçükmüşsün
o	mimarmış	güzelmiş	doktormuş	küçükmüş
biz	mimarmışız	güzelmişiz	doktormuşuz	küçükmüşüz
siz	mimarmışsınız	güzelmişsiniz	doktormuşsunuz	küçükmüşsünüz
onlar	mimarlarmış	güzellermiş	doktorlarmış	küçüklermiş

	結尾的母音為 a / ı	結尾的母音為 e / i	結尾的母音為 o / u	結尾的母音為 ö / ü
ben	yaşlıymışım	öğrenciymişim	mutluymuşum	gözlükçüymüşüm
sen	yaşlıymışsın	öğrenciymişsin	mutluymuşsun	gözlükçüymüşsün
o	yaşlıymış	öğrenciymiş	mutluymuş	gözlükçüymüş
biz	yaşlıymışız	öğrenciymişiz	mutluymuşuz	gözlükçüymüşüz
siz	yaşlıymışsınız	öğrenciymişsiniz	mutluymuşsunuz	gözlükçüymüşsünüz
onlar	yaşlılarmış	öğrencilermiş	mutlularmış	gözlükçülermiş

II.2.2.2 否定句

名詞句的傳説過去式否定句是在形容詞或名詞後面使用否定詞 değil，然後根據 değil 諧音，於其後加接 -miş，再加接人稱字尾即可。此時，形容詞或名詞以子音結尾時最後一音節的母音屬性（a / ı, e / i, o / u, ö / ü）或以何母音結尾並不影響人稱字尾的諧音變化。

以下我們舉形容詞 güzel 和名詞 doktor 為例，用表格呈現字尾動詞傳説過去式否定句的人稱變化：

ben	güzel değilmişim	doktor değilmişim
sen	güzel değilmişsin	doktor değilmişsin
o	güzel değilmiş	doktor değilmiş
biz	güzel değilmişiz	doktor değilmişiz
siz	güzel değilmişsiniz	doktor değilmişsiniz
onlar	güzel değillermiş	doktor değillermiş

II.2.2.3 疑問句

名詞句的傳説過去式肯定疑問句是在形容詞或名詞後面，根據最後一音節的母音諧音，使用「嗎」疑問詞 mı, mi, mu, mü，於其後墊 y，而有 mıymış, miymiş, muymuş, müymüş 四種變化，最後再加接人稱字尾即可。

讓我們由以下的表格學習名詞句傳說過去式肯定疑問句的型態變化：

	最後一音節 母音為 a / ı	最後一音節 母音為 e / i	最後一音節 母音為 o / u	最後一音節 母音為 ö / ü
ben	mimar mıymışım?	güzel miymişim?	doktor muymuşum?	küçük müymüşüm?
sen	mimar mıymışsın?	güzel miymişsin?	doktor muymuşsun?	küçük müymüşsün?
o	mimar mıymış?	güzel miymiş?	doktor muymuş?	küçük müymüş?
biz	mimar mıymışız?	güzel miymişiz?	doktor muymuşuz?	küçük müymüşüz?
siz	mimar mıymışsınız?	güzel miymişsiniz?	doktor muymuşsunuz?	küçük müymüşsünüz?
onlar	mimarlar mıymış?	güzeller miymiş?	doktorlar mıymış?	küçükler miymiş?

名詞句傳說過去式否定疑問句是在形容詞或名詞後面先使用否定詞 değil，然後根據 değil 諧音，再使用「嗎」疑問詞 mi，於其後墊 y 並諧音，而寫成 değil miymiş，最後加接人稱字尾。此時，形容詞或名詞原本以母音結尾與否，最後一音節母音的屬性（a / ı，e / i，o / u，ö / ü）為何，並不影響否定疑問句人稱字尾的諧音變化。

底下我們以形容詞 güzel 為例，以表格呈現名詞句的傳說過去式否定句和否定疑問句的人稱變化。

	否定句	否定疑問句
ben	güzel değilmişim	güzel değil miymişim?
sen	güzel değilmişsin	güzel değil miymişsin?
o	güzel değilmiş	güzel değil miymiş?
biz	güzel değilmişiz	güzel değil miymişiz?
siz	güzel değilmişsiniz	güzel değil miymişsiniz?
onlar	güzel değillermiş	güzel değiller miymiş?

II.2.3 小練習

請從下文劃線的語詞中挑選並寫出使用「名詞句的傳說過去式」者。

Ali'nin sınıfına yeni bir öğrenci <u>gelmiş</u>. <u>Japon'muş</u>. Adı <u>Hiroki'ymiş</u>. Hiroki çok <u>yakışıklıymış</u> ve her zaman <u>güler yüzlüymüş</u>. İlk başta Çincesi o kadar <u>iyi değilmiş</u>. Ama çok <u>çalışkanmış</u>. Her gün kütüphaneye gidiyor, ders <u>çalışıyormuş</u>. Boş zamanlarında futbol oynamayı <u>seviyormuş</u>. Dün onun <u>doğum günüymüş</u>. Ali Hiroki'yi evine <u>davet etmiş</u>. Ali'nin annesi çok lezzetli yemekler <u>yapmış</u> ve çok eğlenmişler. Her şey çok <u>mükemmelmiş</u>. Hiroki çok <u>duygulanmış</u>, "Bugün, Tayvan'daki en güzel günüm! Siz ne kadar <u>düşünceliymişsiniz</u>! Çok teşekkür ederim." <u>demiş</u>.

❶ Japon'muş	❷	❸
❹	❺	❻
❼	❽	❾

（中譯參考：聽說 Ali 的班上來了一位新同學。是日本人，名叫 Hiroki。聽說 Hiroki 很英俊，而且總是面帶笑容。剛開始他的中文並不是那麼好，但他很用功，每天都去圖書館念書。他閒暇時喜歡踢足球。昨天是他的生日。Ali 邀請 Hiroki 到他家去。Ali 的媽媽做了很好吃的菜，他們玩得很開心。每件事都很完美。Hiroki 很感動，說：「今天是我在台灣最美好的一天！你們大家是多麼貼心啊！很感謝你們。」）

III 練習 | ALIŞTIRMA

III.1 時態改寫

請將以下字尾動詞的句子改成確實過去式以及傳説過去式。請留意肯定、否定及人稱的諧音變化。

原句	確實過去式	傳説過去式
例：Okul çok kalabalık.	Okul çok kalabalıktı.	Okul çok kalabalıkmış.
❶ Deniz okulda.		
❷ Dedesi pek yaşlı değil.		
❸ Hava soğuk ve rüzgârlı.		
❹ Çok şişman değil.		
❺ Babası zengin değil.		
❻ Siz doktor musunuz?		

III.2 填充題

請用傳説過去式完成下列句子。

❶ Eyvah! Cüzdanımı evde unut_____!

❷ Vakit çok geç ol_____! Hâlâ yatmıyor musun?

❸ Annemin anlattığına göre ben bebekken çok yaramaz_____.

❹ Murat'ın ev arkadaşı çok tembel_____, bir kez bile temizlik

yap_____.

❺ Deniz'in eşi çok ünlü bir şair _____? Ben onun şiirini hiç okumadım.

❻ Cengiz dün çok hasta_____, okula da gel_____.

❼ Ahmet çok başarılı bir iş adamı ama sadece otuz yaşlarında_____.

⑧ Bu mevsimde Türkiye çok soğu_____. Yanına kalın giysiler götürmeyi unutma.

⑨ Haberin var mı? Ali ve Ayşe geçen hafta evlen_____!

⑩ Aaa, burada sigara içmek de yasak_____!

III.3 閱讀與填充

III.3.1

請您閱讀下面取自伊索寓言的故事，然後在空格中填入適當的時態與人稱。

RÜZGÂR İLE GÜNEŞ

Günlerden bir gün, gökyüzünde kuzey rüzgârı ve güneş tartışmaya ❶başla_____ :

"Ben en güçlüyüm." ❷de_____ kuzey rüzgârı.

"Ben senden daha güçlüyüm." ❸de_____ güneş.

Kimin daha güçlü olduğu konusunda tartışıp dururlarken, yoldan geçen bir adam ❹var_____, adamın sırtında da bir pelerin ❺var_____.

"Bak, yoldan geçen şu adamı görüyor musun?" ❻de_____ rüzgâr, "Kim bu adamın sırtındaki pelerinini çıkarmasını sağlarsa, o en güçlüdür." ❼de_____ .

"Tamam" diyerek kabul ❽et_____ güneş.

Çok geçmeden rüzgâr tüm gücüyle esmeye ❾başla_____ ; öyle güçlü ❿esiyor_____ ki, hava iyice ⓫serinle_____ ve adam soğuktan korunmak için pelerinine daha da sıkı ⓬sarıl_____ . Uçup gitmemesi için de pelerinini iyice ⓭tut_____ . Sonunda rüzgâr esmekten ⓮yorul_____ . "Ben başaramadıysam, sen hiç başaramazsın." ⓯de_____ güneşe kibirle.

Güneş rüzgârın sözlerine aldırış etmeden havayı yavaş yavaş ısıtmaya ⑯başla_____ . Bir süre sonra hava o kadar ⑰ısın_____ ki adam terlemeye ⑱başla_____ . Adam sıcaktan bunalarak hemen sırtındaki pelerinini ⑲çıkar_____ .

Sonunda rüzgâr da nazik ve dostça davranışın, şiddet ve güç gösterisinden daha etkili olduğunu ⑳anla_____ .

（改編自網路）

III.3.2

請您閱讀納司雷丁教長的幽默故事，然後運用下列動詞片語完成下面的段落。

yapmak / merak etmek / karşılaşmak / atışmak / demek
inanmak / uzun etmek / duymak / yuvarlanmak / olmak

İÇİNDE BEN DE VARDIM

Bir gün Nasrettin Hoca evden çıkarken bitişikteki komşusuyla

❶_____ .

"Hoca! ❷_____ . Bu sabah sizde telaşlı telaşlı konuşmalar

❸_____ , sonra da büyük bir gürültü ❹_____ . Neydi o?"

Hoca yüzünü ekşiterek:

"Bizimkiyle biraz ❺_____ da," ❻_____ . "sonra da kadın öfkelenip bir tekme atınca cübbem merdivenden aşağı paldır küldür

❼_____ . Duyduğun gürültü o idi herhâlde."

Komşusu ❽_____ :

"Hoca Efendi! Hiç cübbe o kadar gürültü ❾_____ mı?"

Hoca sıkıntısını belirten bir sesle:

"A canım! ❿_____ işte!" demiş . "İçinde ben de vardım!"

（引用自 Memet Fuat 所著之 Nasrettin Hoca Fıkraları）

生詞：

atışmak	動	起口角、爭辯
bitişik	形	緊鄰的、旁邊的
cübbe	名	長袍
öfkelenmek	動	生氣、發怒
paldır küldür	副	大聲響地
tekme atmak	動片	踢
telaşlı	形	驚慌的、緊張的、焦慮的
uzun etmek	動片	持續爭論；逾越、超過
yuvarlanmak	動	滾動、滾落
yüzünü ekşitmek	動片	因生氣、不滿而變臉

Ⅳ 小詞典 | SÖZ VARLIĞI

ağlamak	動	哭
atışmak	動	起口角、爭辯
bitişik	形	緊鄰的、旁邊的
bulmak	動	找到
canı yanmak	動片	疼痛
cübbe / cüppe	名	長袍
davranış	名	態度
devrilmek	動	翻倒
düşmek	動	跌落、掉落
eşek	名	驢子
fıkra	名	掌故；趣事
gürültü	名	雜音、吵雜聲
güya	副	居然；似乎
haklı	形	有道理的、合理的
herhâlde	副	大概、也許
kaşık	名	湯匙
kaybetmek, -der	動	遺失
kibir	名	驕傲
kopmak	動	爆發
lamba	名	燈
lazım	形	必須的、必要的
mizah	名	幽默
nazik	形	有禮貌的
paldır küldür	副	大聲響地、吵雜地

pelerin	名	披肩
öfkelenmek	動	生氣、發怒
sonuç	名	結果、結局
şükretmek, -der	動	感謝（上蒼）
tekme atmak	動片	踢
telaşlı	形	驚慌的、緊張的、焦慮的
uzun etmek	動片	持續爭論；逾越、超過
yan yana	副	並排地
yuvarlanmak	動	滾動、滾落
yüzünü ekşitmek	動片	因生氣、不滿而變臉

Ders 5 EVE DÖNERKEN

第五課　回家途中

本課學習目標

1. 必須式

2. -ken 副詞

MP3-11

Eve Dönerken 回家途中

Nazife: Çok geç oldu. Artık eve dönmeliyim.

時間很晚了。我該回家了。

Murat: Ama daha çok erken. Biraz daha kalalım. Saat kaçta evde olman gerekiyor?

可是時間還早。我們再待一下。你幾點必須在家？

Nazife: Belirli bir saati yok. Ama anneme "Erken geleceğim." diye söz verdim.

沒有一定的時間。可是我跟我媽説好「我會早回家。」

Murat: Tamam, o zaman birlikte kalkalım. Benim de yarın önemli bir toplantım var. Rapor hazırlamalıyım.

好的，那我們一起離開。我明天也有個重要會議。我必須準備報告。

Nazife:	Senin yarın için rapor hazırlaman gerekiyor, ama sen hâlâ "Saat daha çok erken, biraz daha kalalım." diyorsun.
	你得準備明天的報告，卻還說「時間還早，我們再留一下。」
Murat:	Evet, biliyorum, ama ben seninle konuşurken çok mutlu oluyorum. Zamanın nasıl geçtiğini anlamıyorum. Ayrıca buluşmak için çok zamanımız olmuyor.
	是，我知道，可是我跟你聊天時很開心，都不知道時間怎麼過的。而且我們沒有太多時間可以碰面。
Nazife:	Haklısın. O zaman yürüyerek gidelim. Yürürken konuşuruz, sohbet ederiz. Ama önce hesabı ödemeliyiz.
	你說得對。那我們用走的回家吧。走路時我們還可以講講話、聊聊天。不過我們得先付帳。
Murat:	Tamam, ben önce ellerimi yıkayayım. Sonra da anneni arayıp ona yolda olduğumuzu söyleriz.
	好，我先來洗個手。然後我們打個電話告訴你媽我們在路上。
Nazife:	Tamam, ama eve dönerken süt almam lazım. Yolda açık büfe bulabilir miyiz?
	好，但我回家時必須買牛奶。路上我們可以找得到小店嗎？
Murat:	Tabii. İleride köşede 24 saat açık bir büfe var. Oradan alırız.
	當然，前面轉角就有一家 24 小時營業的小店。我們可以在那裡買。

II.1 必須式

II.1.1 意義

　　有別於現在式、過去式、未來式及寬廣式各有其涵蓋的時態，必須式並無時間意味，而著重於「某人必須或應該做某件事」或「某事應該要……」的語意；必須式 -malı, -meli 加上人稱字尾即可傳達某人必須、應該做某事或某動作應該發生。例如：

- Eve dönmeliyim.（我該回家了。）
- Önce hesabı ödemeliyiz.（我們必須先付帳。）
- Büyüklere karşı saygılı olmalıyız.（我們應該敬重長輩。）

II.1.2 型態

1. 肯定句

　　必須式肯定句的基本型態（第三人稱單數）是在動詞字根之後，根據最後一音節的母音粗細諧音，而有 -malı, -meli 兩種變化。例如：

動詞不定式	動詞字根	必須式肯定句第三人稱單數
aramak	ara-	aramalı
vermek	ver-	vermeli
çalışmak	çalış-	çalışmalı
getirmek	getir-	getirmeli
sormak	sor-	sormalı
görmek	gör-	görmeli
okumak	oku-	okumalı
üzülmek	üzül-	üzülmeli

2. 否定句

　　必須式否定句的基本型態（第三人稱單數）也是在動詞字根之後根據最後一音節的母音諧音變化加上表示否定的 -ma- 或 -me-，再加接 -malı, -meli 字尾而有 -mamalı 和 -memeli 兩種變化。

　　例如：

- Kütüphanede gürültü yapmamalı.（他不可以在圖書館裡吵鬧。）
- Derse geç gelmemeli.（他上課不應該遲到。）

3. 疑問句

　　必須式肯定疑問句的基本型態，也是在 -malı, -meli 字尾和人稱字尾間，放入「嗎」疑問詞 mı, mi；否定疑問句的基本型態則是在 -mamalı, -memeli 和人稱字尾間，根據諧音變化，放入「嗎」疑問詞 mı, mi。例如：

- Rapor hazırlamalıyım.（我必須撰寫報告。）
- Rapor hazırlamalı mıyım?（我應該要撰寫報告嗎？）
- Derse geç gelmemeliler.（他們上課不應該遲到。）
- Derse geç gelmemeliler mi?（他們上課不應該遲到嗎？）

4. 必須式的肯定句、否定句及疑問句

　　接下來，我們以 gelmek 為例，來看看它在不同人稱下的肯定、否定、肯定疑問以及否定疑問句的變化：

	肯定句	否定句	肯定疑問句	否定疑問句
ben	gelmeliyim	gelmemeliyim	gelmeli miyim?	gelmemeli miyim?
sen	gelmelisin	gelmemelisin	gelmeli misin?	gelmemeli misin?
o	gelmeli	gelmemeli	gelmeli mi?	gelmemeli mi?
biz	gelmeliyiz	gelmemeliyiz	gelmeli miyiz?	gelmemeli miyiz?
siz	gelmelisiniz	gelmemelisiniz	gelmeli misiniz?	gelmemeli misiniz?
onlar	gelmeliler	gelmemeliler	gelmeliler mi?	gelmemeliler mi?

II.1.3 表達必須語意的其他句型

使用動名詞 -ma, -me 加上人稱所屬格，再和動詞 gerekmek 或形容詞 lazım 連用（字面上的意思是「某人的做某件事是必須的」），也可傳達必須語意。例如：Saat kaçta evde olman gerekiyor? 就是 Saat kaçta evde olmalısın? 的意思。而 Rapor hazırlamalıyım. 也 可 改 寫 成 Rapor hazırlamam gerekiyor. 或 Rapor hazırlamam lazım.。

下表讓我們以 gitmek 為例，看看如何使用必須式 -malı, -meli 的各個人稱，以及用動名詞 -ma, -me 與 gerekmek、lazım 連用以表達必須語意時的肯定句變化：

-malı, -meli 必須式		和 gerekmek 連用	
(Ben)	Gitmeliyim.	(Benim)	Gitmem gerekiyor.
(Sen)	Gitmelisin.	(Senin)	Gitmen gerekiyor.
(O)	Gitmeli.	(Onun)	Gitmesi gerekiyor.
(Biz)	Gitmeliyiz.	(Bizim)	Gitmemiz gerekiyor.
(Siz)	Gitmelisiniz.	(Sizin)	Gitmeniz gerekiyor.
(Onlar)	Gitmeliler.	(Onların)	Gitmeleri gerekiyor.

和 lazım 連用	
(Benim)	Gitmem lazım.
(Senin)	Gitmen lazım.
(Onun)	Gitmesi lazım.
(Bizim)	Gitmemiz lazım.
(Sizin)	Gitmeniz lazım.
(Onların)	Gitmeleri lazım.

如果想把 gitmemeli（他不該去。）這個必須式否定句轉換成動名詞句型時，應該把否定放在動名詞的位置成為 gitmemesi gerekiyor 或 gitmemesi lazım。例如：

-malı, -meli 必須式		和 gerekmek 連用	
(Ben)	Gitmemeliyim.	(Benim)	Gitmemem gerekiyor.
(Sen)	Gitmemelisin.	(Senin)	Gitmemen gerekiyor.
(O)	Gitmemeli.	(Onun)	Gitmemesi gerekiyor.
(Biz)	Gitmemeliyiz.	(Bizim)	Gitmememiz gerekiyor.
(Siz)	Gitmemelisiniz.	(Sizin)	Gitmemeniz gerekiyor.
(Onlar)	Gitmemeliler.	(Onların)	Gitmemeleri gerekiyor.

和 lazım 連用	
(Benim)	Gitmemem lazım.
(Senin)	Gitmemen lazım.
(Onun)	Gitmemesi lazım.
(Bizim)	Gitmememiz lazım.
(Sizin)	Gitmemeniz lazım.
(Onların)	Gitmemeleri lazım.

● 小提醒

若我們在述詞（gerekmek, lazım）的位置去做否定型態的變化（gerekmemek, lazım değil），句意就會變成「某人的做某件事是不必要的」。

例如： "Yarın pazar. İşe gitmemiz gerekmiyor." 或者 "İşe gitmemiz lazım değil." 意思是「明天是星期天，我們不必上班。」。

我們繼續以 gitmek 為例，看看必須語意各種人稱用 -malı, -meli 以及透過動名詞 -ma, -me 的句型表達必須語意的肯定疑問句型態變化：

-malı, -meli 必須式		和 gerekmek 連用	
(Ben)	Gitmeli miyim?	(Benim)	Gitmem gerekiyor mu?
(Sen)	Gitmeli misin?	(Senin)	Gitmen gerekiyor mu?
(O)	Gitmeli mi?	(Onun)	Gitmesi gerekiyor mu?
(Biz)	Gitmeli miyiz?	(Bizim)	Gitmemiz gerekiyor mu?
(Siz)	Gitmeli misiniz?	(Sizin)	Gitmeniz gerekiyor mu?
(Onlar)	Gitmeliler mi?	(Onların)	Gitmeleri gerekiyor mu?

和 lazım 連用	
(Benim)	Gitmem lazım mı?
(Senin)	Gitmen lazım mı?
(Onun)	Gitmesi lazım mı?
(Bizim)	Gitmemiz lazım mı?
(Sizin)	Gitmeniz lazım mı?
(Onların)	Gitmeleri lazım mı?

否定疑問句型態變化則如下表：

-malı, -meli 必須式		和 gerekmek 連用	
(Ben)	Gitmemeli miyim?	(Benim)	Gitmemem gerekiyor mu?
(Sen)	Gitmemeli misin?	(Senin)	Gitmemen gerekiyor mu?
(O)	Gitmemeli mi?	(Onun)	Gitmemesi gerekiyor mu?
(Biz)	Gitmemeli miyiz?	(Bizim)	Gitmememiz gerekiyor mu?
(Siz)	Gitmemeli misiniz?	(Sizin)	Gitmemeniz gerekiyor mu?
(Onlar)	Gitmemeliler mi?	(Onların)	Gitmemeleri gerekiyor mu?

和 lazım 連用	
(Benim)	Gitmemem lazım mı?
(Senin)	Gitmemen lazım mı?
(Onun)	Gitmemesi lazım mı?
(Bizim)	Gitmememiz lazım mı?
(Sizin)	Gitmemeniz lazım mı?
(Onların)	Gitmemeleri lazım mı?

● 小提醒

　　若我們將否定語意放在述詞的位置（gerekmemek, lazım değil）寫成的否定疑問句，意思就不再是「（某人）不應該……嗎？」而是「……不必要嗎？」例如上表的 "Gitmemeli miyim?"、"Gitmemem gerekiyor mu?" 以及 "Gitmemem lazım mı?" 都是「我不該去嗎？」的意思，但 "Gitmem gerekmiyor mu?" 的意思則是「我不需要去嗎？」

II.1.4 例句

以下是一些利用 -malı, -meli 必須式以及透過動詞 gerekmek 或形容詞 lazım 表達必須意義的例句：

- Trafik kurallarına uymalıyız.（我們必須遵守交通規則。）
- Başkası konuşurken sözünü kesmemeliyiz.
  （別人講話的時候我們不應該打斷他的話。）
- Geç kaldım. Çıkmam lazım.（我遲到了。我必須出門了。）
- Zamanın var mı? Seninle konuşmam lazım.（你有空嗎？我必須跟你談一談。）
- Buraya imza atmanız gerekiyor（您必須在此處簽名。）
- Seni güldürmek için ne yapmam gerekiyor?（我該做些什麼來逗你笑？）

II.2 -ken 副詞

II.2.1 意義

土耳其文藉由寬廣式動詞加上 -ken 表達做某個動作的過程（「當……的時候」）。例如：

- Ben seninle konuşurken çok mutlu oluyorum.（當我跟你交談時感到很快樂。）
- Yürürken konuşuruz, sohbet ederiz.（我們走路時會講講話、聊聊天。）

主要子句傳達動作發生的時間、實際發生的事情，-ken 引領的副詞子句則表達動作發生當時的情況、狀態。除了藉由寬廣式動詞之外，也可由形容詞或名詞加上 -ken 表達同樣的語意。例如：

- Küçükken çok sevimliymişim.（據說我小時候很可愛。）
- Okuldayken çok çalışkan bir öğrenciydi.（他在學校時是個很用功的學生。）

-ken 所引領的副詞子句也可進一步表達情境上的對比。例如：

- Ali hiç sinemaya gitmezken kız kardeşi film seyretmeyi çok sever.

  （Ali 從不上電影院，她妹妹卻很愛看電影。）

- Burası eskiden bakkalken şimdi süpermarket oldu.

  （這裡以前是個雜貨店，現在成了超市。）

● 小提醒

(1)-ken 所帶領的副詞子句與主要子句的時態各自獨立；它所傳達的是主要子句動作
發生時的情況。例如：

- Eve dönerken süt aldım.（回家的路上我買了牛奶。）
- Yarın işe giderken şu mektubu da gönder.（明天上班途中，你把這封信也寄了。）
- Toplantıdayken cep telefonlarımızı kapatalım.（開會時讓我們關上手機。）

(2)當 -ken 副詞子句的主詞與主要子句的主詞不同時，需要另外寫出主詞來。例如：

- Ablam sık sık çarşıya çıkarken ben pek çıkmıyorum.

  （我姊姊常常逛街，我卻不太上街。）

II.2.2 型態

最常見的型態是將動詞轉為寬廣式後加上 -ken，如："konuşurken"、
"yürürken"、"gitmezken"。

以子音結尾的名詞或形容詞可直接加上 -ken，如："küçükken"、"bakkalken"；
若是以母音結尾的名詞或形容詞，則需墊上 -y 再加上 -ken，如："öğrenciyken"、
"toplantıdayken"。

II.2.3 例句

以下是一些運用 -ken 這個表達時間或情境對比的副詞的例句：

- Uyurken çok horluyorsun.（睡覺時你很會打鼾。）

- Acele acele evden çıkarken cüzdanımı unutmuşum.

  （我急急忙忙出門時把皮夾給忘了。）

- Ben gençken rap müziği dinliyordum.（我年輕時總是聽饒舌樂。）

- Evdeyken çok çay içiyorum.（我在家裡的時候都喝很多茶。）

- Sen yanımda yokken benim için her şey anlamsız.

  （當你不在我身邊時，對我來説所有的一切都沒有意義。）

- Babam çok ciddi bir insan. Evde hiç gülmezken annem çok gülüyor.

  （我爸爸是個很嚴肅的人。他在家裡從來不笑，我媽卻笑口常開。）

- Tayvan'da benzin 1 lirayken Türkiye'de 3 lira.

  （當台灣汽油一塊錢時土耳其的汽油要三元。）

- Karga kekliği taklit edeyim derken kendi yürüyüşünü şaşırmış.

  （當烏鴉説「我來學學鷓鴣」時卻忘了自己原本是怎麼走路的（土耳其格言）；邯鄲學步。）

III.1 配合題

請根據左欄的情境選出合適的回應。

( ) ❶ -Haydi yemek yiyelim.

( ) ❷ -Yağmur yağıyor.

( ) ❸ -Çok kilo aldım.

( ) ❹ -Önümüzdeki pazar anneler günü.

( ) ❺ -Hâlsizim ve başım çok ağrıyor.

( ) ❻ -Bayramı yurt dışında geçirmek istiyorum.

( ) ❼ -Toplantıya geç kalıyorum.

( ) ❽ -Neden okula gitmedin?

( ) ❾ -Yarın sabah sınava gireceğim.

( ) ❿ -Çince kursuna katılmak istiyorum.

A. -İlaç almalısın ve dinlenmelisin.

B. -Düzenli spor yapmalısın.

C. -Önce ellerimizi yıkamalıyız.

D. -Çok geç yatmaman lazım.

E. -Annemize güzel bir hediye almalıyız.

F. -Bugün tatil, okula gitmem gerekmiyor.

G. -Uçak biletini erken ayırtmalısın.

H. -Önce bu kayıt formunu doldurmalısınız.

I. -Şemsiyeni almalısın.

J. -Acele etmen lazım.

III.2 填充題

III.2.1

請用 -ken 副詞完成下列句子。

❶ Lisede _____ sessiz ve çekingen bir kızdım.

❷ Otobüste _____ müzik dinlemem.

❸ Buraları 60 yıl önce tarla_____ dedem satın almış.

❹ Onunla konuş_____ dikkatli ol, çok çabuk sinirleniyor.

⑤ Cem'in fıkrasını dinledikten sonra ben hiç gül_____ o hemen kahkaha attı.

⑥ Kızım, yemek ye_____ cep telefonunla oynama!

⑦ Bence internet yok_____ hayat daha sıkıcıydı.

⑧ Arkadaşım hiç ders çalış_____ ben saatlerce çalışabilirim.

⑨ Oğlum, deden uyu_____ bahçede top oynama!

⑩ Çocuk_____ karnıbahar ve havuçtan nefret ederdim.

III.2.2

請完成下列表達「必須」語意的句子。

❶ Ev işlerinde annemize ve babamıza yardım et_____.

❷ Yarın çok önemli bir sınavım var. Ders çalış_____.

❸ Çok öksürüyorsun. Sigara iç_____.

❹ Çok fazla televizyon seyret_____. Gözlerin bozulacak.

❺ Bu kitabı kütüphaneden aldım. İki hafta içinde bitir_____ lazım.

❻ Ayşeciğim, bugün hava çok soğuk. Paltonu giy_____.

❼ Sizin hemen faturayı öde_____ gerekiyor, yoksa elektiğinizi keserler.

❽ Ben senin en yakın dostunum. Bana yalan söyle_____.

❾ Bir kez kaza yaptın. Araba kullanırken daha dikkatli ol_____ lazım.

❿ Bütün gün temizlik yaptım. Şimdi duş alıp iyice dinlen_____ gerekecek.

III.3 問答題

請根據提示回答下列問句。

① Sağlık bir yaşam için ne yapmalıyız? (düzenli beslenmek, spor yapmak)

---

② Konsere yetişmek için seni evden kaçta almalıyım? (saat 7'de)

---

③ Araba kullanırken nelere dikkat etmeliyiz? (arabanın durumunu kontrol etmek, trafik kurallarına uymak)

---

④ Hastanede neler yapmamalıyız? (gürültü yapmak, sigara içmek)

---

⑤ Soğuk algınlığına yakalanmamak için neler yapmamız lazım? (bol bol su içmek, sık sık ellerimizi yıkamak, öksürürken ve hapşırırken ağzımızı kapatmak)

---

⑥ Aşırı kilo almamak için benim nelere dikkat etmem gerekiyor? (çok fazla yemek yememek, düzenli spor yapmak ve bol bol su içmek)

---

⑦ Çocuklar gözlerini korumak için ne yapmalı? (televizyon ve bilgisayara çok fazla zaman ayırmamak)

---

⑧ Uçağa yetişmek için ne zaman havaalanında olmalıyız? (iki saat önce havaalanında olmak)

---

⑨ Bir ülkeyi iyice tanımak için ne yapmalıyız? (o ülkenin dilini bilmek)

_____

⑩ Başarılı olmak için ne yapmak lazım? (iyi eğitim almak, düzenli ve disiplinli çalışmak)

_____

MP3-12

ağız, -ğzı	名	嘴、口
anlamsız	形	無意義的
artık	副	此後；終於
ayrıca	副	此外、而且
bakkal	名	雜貨店；雜貨店老闆
belirli	形	特定的、明確的
benzin	名	汽油
bırakmak	動	戒除;放棄
büfe	名	路旁兼售飲料、輕食與報刊的小攤
büyük	名	長輩、長者
ciddi	形	嚴肅的；認真的
çarşıya çıkmak	動片	上市場；去採購
gerekmek	動	必須
göndermek	動	寄；送
güldürmek	動	使笑；逗笑
haklı	形	有道理的
hesap	名	帳單、帳本
horlamak	動	打鼾
imza atmak	動片	簽名；簽署
karga	名	烏鴉
keklik	名	鷓鴣
konser	名	音樂會
lazım	名	必需的；必要的
lokma	名	一口（之量）

mutlaka	**副** 一定、絕對地；必然地
pratik	**名** 練習；實際應用
sıkıcı	**形** 令人厭煩的
şaşırmak	**動** 迷失；驚慌失措
taklit	**名** 模仿、仿效
taklit etmek	**動片** 模仿、仿效
uymak	**動** 遵從、服從；配合

Ders 6　MUTLU YILLAR!

第六課　年年快樂！

本課學習目標

1. diye 副詞
2. ki 的用法

MP3-13

Mutlu Yıllar! 年年快樂！

A: Biliyorsun bayram yaklaşıyor. Bayram temizliğini yaptın mı?

你知道節慶快到了。你已經完成大掃除了嗎？

B: Evet canım. Öyle bir yoruldum ki sorma! Canım çıktı.

是的，親愛的。我累成什麼樣子你就別問了。我快累死了。

A: Ooo. Evde bayram temizliğini sen mi yapıyorsun?

哦，家裡的大掃除是你負責的嗎？

B: Anneme "Bu bayram sana yardım edeceğim." diye söz verdim. Bunun için sözümden dönmek istemedim. Neyse boş ver şimdi bunu. Alışveriş için nereye gidiyoruz?

我答應過我媽「這個節慶我會幫忙。」所以我不想食言。反正先別管這事，我們到哪裡採購呢？

A: Bayram alışverişi mi? Bilmem ki nereye gitsek?

B: Tabii bayram alışverişi. Annemden bir sürü harçlık aldım. Gidip güzel şeyler alalım. Ayrıca biliyorsun bayramda mahallenin çocukları el öpmeye gelirler. Annem onlar için bana "Mendil ve çorap al." diye tembih etti. Teyzemin çocukları da gelirler. Onlar için de bayramlık bir şeyler alacağım.

A: Ohoooo. Senin alışverişin kendin için değil. Çocuklar için.

B: Haklısın galiba. Ben başkasına hediye vermeyi daha çok seviyorum. Ondan.

A: O zaman benim bayram hediyemi de unutmazsın, inşallah...

B: Hahaha unutmam, canım, merak etme. Sen yeter ki el öpmeye gel!

A: Mutlaka gelirim. O zaman bugünkü programımız belli. Çocuklar için bayramlık çorap ve mendil alıyoruz.

B: Evet, haydi gidelim. İstediklerini köşedeki mağazadan alırız.

你是説節慶採購嗎？我也不知道我們去哪裡好？

當然是節慶採買。我跟我媽拿了好些零用錢，我們去買些好東西吧。而且，你知道在節慶時社區裡的小朋友都會來跟大人吻手賀節。我媽吩咐我「買些手帕和襪子」。我阿姨的孩子也會來，我也要給他們買些應景的東西。

哇，你根本不是幫自己買東西嘛，都是為了孩子們。

你説得也對。大概是因為我更喜歡送別人禮物的緣故吧。

那麼但願你也別忘了我的節慶禮物囉……

哈哈，我不會忘的，親愛的，你別擔心。你只需過來吻手賀節就夠了。

我一定來。那麼我們今天的行程很明確了。我們要為孩子們買節慶襪和手帕。

是的，我們走吧。我們可以在轉角的商場買到你想要的東西。

II.1 diye 副詞

II.1.1 意義

　　放在 diye 前面引號（" "）內的句子可以用來表達某人做某件事的緣由或想法；引號內應保留說話者原始的表達方式，不需配合引號外面的動詞、時態做任何改變。

　　例如：當 diye 和動詞 sormak 連用時，Ali'ye "Yarın okula gitmen gerekiyor mu?" diye sordum.（我問 Ali：「明天你需要去學校嗎？」）引號內是問句的原貌；diye 和動詞 cevap vermek 連用，則可呈現答句的原文：Ali bana "Hayır, yarın okula gitmem gerekmiyor." diye cevap verdi.（Ali 回答我：「不，明天我不必去學校。」）

　　本單元課文中 Anneme "Bu bayram sana yardım edeceğim." diye söz verdim.（我答應了我媽：「這個節慶我將會幫你的忙。」）這句話也是透過 diye 和引號（" "）呈現出承諾的原文。

　　diye 也常和動詞 düşünmek 連用以表達某人心中的想法。例如：Ablam "Eşyası çok ağır görünüyor. Belki ona yardım etmeliyim." diye düşündü.（我姊姊心想：「他的東西看起來很重，也許我該幫他的忙。」）

II.1.2 例句

　　接下來讓我們來看看日常會話中 diye 的應用實例：

- Bize "Bu yaz tatilinde yurt dışına çıkacağım." diye söyledi.
  （他告訴我們「今年暑假我要出國。」）
- Annem beni "Odanı temizlemezsen konsere gidemezsin" diye tehdit etti.
  （我媽媽威脅我「你要是不打掃你的房間的話，不能去聽音樂會。」）
- Öğrenciler "Yarın sınav olacak." diye çok korktular.
  （學生們因「明天將要考試」而感到非常害怕。）
- Filmin son sahnesinde genç adam kadına "Sensiz asla yaşayamam." diye ağladı.
  （影片中最後一幕年輕人對著女子哭道「沒有你我活不下去」。）

- Yorulmasın diye anneme taksi tuttum.（為了不讓我媽太累，我幫她叫了計程車。）

- Arkadaşıma "Yarın işim var. Buluşamayacağız." diye cevap verdim.

  （我回答朋友：「我明天有事。我們沒辦法碰面。」）

- Öpmeye niyeti olmayan "Yanağın nerede?" diye sorar.

  （根本不想親吻的人會問「你的臉頰在哪裡？」；從人們的言行舉止中便可輕易看出他不情願、無心做事。）

- Paran gitti mi diye sormazlar, işin bitti mi diye sorarlar.

  （人們不會問「你錢花光了嗎」，而會問「你的事情辦妥沒？」；事情如果可以順利處理，就用不著吝惜所花費的金錢，因為錢本來就是為了讓我們實現願望的工具。）

- Dilenciye hıyar vermişler de eğri diye beğenmemiş.

  （他們給了乞丐一條大黃瓜。他卻嫌它彎曲；既需要他人幫忙，又看不起別人的協助。）（土耳其格言）

- Yılana yumuşak diye el sunma.

  （別看蛇柔軟就把手奉上；即使對看來溫和的人也不應失去戒心。）（土耳其格言）

II.2 ki 的用法

II.2.1 作為連接詞

(1)位於句中連接述詞或連接主要子句與從屬子句：

　　我們可以把整個句子的述詞或主要子句放在 ki 之前，再由 ki 引領出從屬子句。例如："Gördüm ki sınıf arkadaşlarım sınava iyi hazırlanıyor."（我看到班上同學們都好好地準備著考試。）

　　若我們在 ki 之前的主要子句中加上了表示程度的 "öyle" 副詞或 "o kadar..." 副詞組，便具有強調語意的效果，表達「……那麼地……以致……」。例如課文中出現的 "Öyle bir yoruldum ki sorma!" 直譯是「我是那麼地累，（以致）你問都別問」。又如 "Ona o kadar kızdım ki onu bir daha görmek istemiyorum.（我是那麼氣他，以致我再也不想見到他。）"

寫作時偶而穿插 ki 來連接主要子句和從屬子句，可以讓文句更有變化而達到提醒或引人注目的效果。例如："Unutmamalıyız ki iyilik eden iyilik bulur.（我們不應忘記，善有善報。）"、"O kadar neşeli ki sanki hiçbir şey moralini bozmaz.（他是那麼地開心，似乎沒有任何一件事會破壞他的心情。）"

(2)放在句尾：

ki 也可以放在句尾，強調不贊同、抱怨或牢騷，甚至譴責之語氣，例如"O beni sevmez ki.（他又不愛我。）"、"Sana güvenilmez ki!（你根本不值得信賴！）"等。位於句尾的 ki 還可表達疑慮、擔心的語意，例如 "Acaba gelmez mi ki?"（也不知他是不是就不來了？）、"Bunu bana sorarlar mı ki?"（難道這件事他們會來問我嗎？）

II.2.2 作為質詞

(1)與名詞或在格連寫：

此外，ki 也可以與 şimdi（現在、目前）、dün（昨天）、bugün（今天）、yarın（明天）、bu akşam（今晚）等時間副詞或 pazartesi günü, salı günü, ... günü（星期一、星期二、星期……）等時間名詞連寫表示「……的」，例如：şimdiki（目前的、現在的）、dünkü（昨天的）、bugünkü（今天的）、yarınki（明天的）、bu akşamki（今晚的）、Salı günkü（星期二的）等。請注意，ki 加接於名詞之後會有 ki 和 kü 兩種諧音變化；例如課文中出現的 "O zaman bugünkü programımız belli."（那麼我們今天的行程就確定了。）以及 "Cuma günkü hava nasıl olacak?"（週五的天氣將會怎麼樣？）。但若與在格連用，ki 就沒有其他的諧音型態變化。例如："Elimdeki kitap kimin?"（我手中的筆是誰的？）Lütfen evdekilere de selam söyle."（請你也（代我）問候家中的其他人）

(2)人稱所有格與 ki 連寫：

當我們提到分屬不同人所擁有的同質人事物時，可使用人稱所有格之後加接 ki 來代表前面已經提過的名詞，以避免文字的重複。例如：" Benim memleketim Taichung, seninki neresi?"（我的家鄉是台中，你的（家鄉）是哪裡？）" Annemin hobisi resim yapmakken babamınki ise fotoğrafçılık."（我媽媽的興趣是畫畫，我爸爸的（興趣）則是拍照。）

II.2.3 例句

我們先來看看 ki 連接詞在格言諺語中的應用：

- Çiğ yemedim ki karnım ağrısın.

  （我又沒吃生的東西，怎麼可能會肚子痛；真金不怕火煉，既然沒做壞事就用不著害怕。）

- Elin ağzı torba değil ki büzesin.

  （別人的嘴巴又不是袋子，可以讓你紮緊；我們無法阻止別人說出他想說的話。）

- Sakalım yok ki sözüm dinlensin.

  （我又沒有鬍子可以叫人聽我的話；人們只會聽從年長者的話語、忠告。）

另外，ki 連接詞也常與形容詞組成慣用語，像是課文中的 " yeter ki"（只要……就夠了）；" iyi ki"（幸好、還好）、" ne yazık ki"（多麼遺憾、可惜……）、" demek ki"（看來、也就是說）、" mademki"（既然、既然如此）等。例如：

- Yeter ki otur; bana yardım etmen gerekmiyor.

  （你只要坐下來就夠了；不需要幫我的忙。）

- Yeter ki ara sıra mektuplaşalım, birbirimizi unutmayalım.

  （只要我們偶爾通通信，不要忘了彼此就夠了。）

- İyi ki doğdun.（幸好你出生了；祝壽用語。）

- İyi ki tam zamanında yardıma yetiştiniz. Yoksa projeyi kolay kolay bitiremezdik.

  （幸虧你們及時趕來幫忙，不然我們是沒辦法輕易地完成企畫案的。）

- Davetiniz için çok teşekkür ederim. Ne yazık ki yarın işim var, gelemeyeceğim.

（感謝您的邀請。很可惜我明天有事，沒辦法過來。）

- Sohbetlerimiz çok güzeldi. Ne yazık ki kalkmam gerekiyor.

  （我們的對談很愉快。可惜我必須告辭了。）

- Demek ki beni hep yanlış anlamışsın.（看來你都誤解了我。）

- Mademki ısrar ediyorsun. Peki, senin dediğin olsun.

  （既然你堅持，好吧，那就依你。）

下面再讓我們看看與名詞連寫成 -ki, -kü 以及與在格連寫成 -daki, -deki, -taki, -teki 的例句：

- Dünkü sınavın nasıl geçti?（你昨天的考試考得怎麼樣？）

- Pazar günkü geziyi sabırsızlıkla bekliyoruz.（我們非常期待禮拜天的旅行。）

- Akşamki partiye kiminle gideceksin?（晚上的派對你將跟誰一起去？）

- Fotoğraftaki yaşlı adam kim?（照片上的老人是誰？）

- Bahçedeki çiçekler ne kadar güzel!（花園裡的花多麼美啊！）

- Evdeki hesap çarşıya uymaz.

  （家裡的帳本不符合市場行情；土耳其格言：計畫趕不上變化。）

最後，我們來看看使用人稱所有格加 ki 的例句：

- Elif'in dizüstü bilgisayarı benimkiden yeni.（Elif 的筆電比我的（筆電）新。）

- Senin oğlun 3 yaşında, Mustafa'nınki 5 yaşında.

  （你的兒子 3 歲，Mustafa 的（兒子）5 歲。）

- Zeynep'in bifteği az pişmiş, ablasınınki tam pişmiş olsun.

  （Zeynep 的牛排三分熟，她姊姊的（牛排）全熟。）

- Benim boyum seninki kadar uzun değil.（我的個子沒你那麼高。）

Ⅲ.1 填充題

請完成下列句子。

❶ Bu akşam_____ maçı mutlaka seyretmelisin.

❷ Dün_____ konser çok güzeldi. Neden gelmedin?

❸ Yarın_____ toplantı saat 10'da başlayacak. Sakın geç kalma.

❹ Bugün_____ işi yarına bırakma.

❺ Bahçe_____ çocuklar futbol oynuyorlar.

❻ Bu film_____ çocuk oyuncusu çok sevimli.

❼ Senin elin_____ kitaba bakabilir miyim?

❽ Gece pazarı_____ ayakkabılar daha ucuz oluyor.

❾ Ev_____ televizyon bozuk. Haydi dışarı çıkıp dolaşalım.

❿ Gazete_____ haberi okudun mu? Dün gece Ali'nin fabrikasında yangın çıkmış.

Ⅲ.2 造句

請利用下列詞語寫出完整的句子。

例如： "Ödevlerinizi yaptınız mı?" / sordu / öğretmen / diye / öğrencilere

　　　→ *Öğretmen öğrencilere "Ödevlerinizi yaptınız mı?" diye sordu.*

❶ yattım / eve gelir gelmez / ki / O kadar / yoruldum

_____

❷ ne yazık ki / çok hoşlandım / ama / Sevgi'den / evliymiş

_____

❸ sordu / Ağabeyim / diye / "Bayram tatilinde planın var mı?" / bana

_____

④ ki / Başım / yataktan kalkamıyorum / öyle ağrıyor

_____

⑤ ev alsın / değil ki / bu semtte / O kadar zengin

_____

⑥ diye / eşime / "Bir sürpriz yapayım." / düşündüm / Evlilik yıl dönümünde

_____

⑦ ki / gözümü açamadım bile / öyle korktum / Filmi izlerken

_____

⑧ söz verdim / Ne yazık ki / "Partiye seninle geleceğim." / başka bir arkadaşa / diye

_____

⑨ çok kızdı / diye / Eşim / bana / "Evlilik yıl dönümümüzü unuttun."

_____

⑩ "Tatilde sizi denize götüreceğim." / diye / Bu yıl / söz verdim / çocuklara

_____

III.3 閱讀測驗

MP3-14

請閱讀下面的對話，並根據對話內容回答問題。

Aysun: Pazar günkü pikniğe gelecek misin?

Caner: Ne pikniği? Benim haberim yok ki.

Aysun: Öyle mi? Selda sana söylemedi mi?

Caner: Hayır, bana bir şey söylemedi. Zaten, dedeme "Pazar günü seni görmeye geleceğim." diye söz verdim.

Aysun: Hay Allah, aksilik bu işte...

Caner: Ne oldu ki? Başka bir sefere yine gidebiliriz.

Aysun: Selda bana "Piknikte Caner'in doğum gününü de kutlayacağız." dedi.

Caner: Aşk olsun! Doğum günümü bensiz kutlayacaksınız ha!?

Aysun: Hiç öyle olur mu?......

Caner: Tamam tamam. İçin rahat olsun, Aysuncuğum. Benim doğum günüme daha bir ay var. Acelesi yok ki!

Aysun: Öyle mi? Senin doğum gününü yanlış mı hatırladık? Bize darılmazsın, değil mi?

Caner: Darılır mıyım? Daha doğum günüm gelmeden önce bana sürpriz yapmışsınız!

(   ) ❶ Caner Pazar günü nereye gidecek?

     A) Okula   B) Pikniğe   C) Dedesine   D) Selda'ya

(   ) ❷ Caner'in doğum günü ne zaman?

     A) Pazar   B) Bir ay önce

     C) Gelecek Pazar   D) Bir ay sonra

(   ) ❸ Selda piknikte ne yapmak istemişti?

     A) Caner'in doğum gününü kutlamak

     B) Caner'in dedesini görmeye gitmek

     C) Caner'e hediye vermek

     D) Caner'e darılmak

(   ) ❹ Sence Caner nasıl bir insan?

     A) Üzgün   B) Sinirli   C) Anlayışlı   D) Sıkıcı

MP3-15

asla	副	決不；毫不
bayramlık	形	節慶用的
boş vermek	動片	放棄；算了；不在乎
bozmak	動	破壞；傷害
büzmek	動	縮緊
canı çıkmak	動片	極度勞累；死亡
çiğ	形	生的、不熟的
çorap	名	襪子
dilenci	名	乞丐
dinlenmek	動	（話語）被聽從
diye	副	說、道；為了、由於
eğri	形	彎曲的
el	名	外人、他人、別人
harçlık	名	零用錢
hıyar	名	黃瓜
inşallah	嘆	但願；希望
iyi ki	連片	幸好、還好
kızmak	動	對……生氣
ki	連	以至於；而
mağaza	名	大商店；商行
mektuplaşmak	動	通信、書信往來
mendil	名	手帕、手巾
moral, -li	名	精神；情緒
ne	副	多麼（地）

neşeli	形	愉快的、高興的
neyse	嘆	好吧；就這樣吧
niyet, -ti	名	意願；企圖
program	名	計畫；節目
sahne	名	場景
sanki	副	似乎、好像
sözünden dönmek	動片	反悔；違背諾言
sunmak	動	呈送；奉送；獻上
tehdit etmek	動片	威脅、威嚇
tembih	名	叮囑、提醒
tembih etmek	動片	叮囑、提醒
torba	名	袋子
yanak	名	面頰
yazık	嘆	可惜；遺憾
yeter	形	足夠的、充分的
yılan	名	蛇
yorulmak	動	疲勞、疲倦
yumuşak	形	柔軟的

NOTLARIM

Ders 7 PARA! PARA! PARA!
第七課　錢，錢，錢！

本課學習目標

1. 被動語態
2. -CA 構詞詞綴

MP3-16

Para! Para! Para! 錢，錢，錢！

A: Türkiye'de internet üzerinden alışveriş yapmak yaygın mı?

線上購物在土耳其普遍嗎？

B: Tabii, son yıllarda daha fazla kişinin internet üzerinden alışveriş yaptığını söyleyebilirim.

當然，近幾年來有更多的人在網路上購物。

A: Sen de alışverişlerini internetten mi yaparsın?

你購物也都透過網路嗎？

B: Hayır, ben internete fazla güvenmiyorum. Biz Türkler, bir şey satın alırken gözümüzle görmeliyiz. Alışveriş yapılacağı zaman genellikle iyice hazırlanılır ve bir çarşıya veya mağazaya gidilir. Orada ne alınacaksa iyice bakılır ve en ucuz hangisi ise bulunur. Tabii mutlaka pazarlık da yapılır. Pazarlıksız alışveriş olmaz. Ama internette pazarlık yapmanın tadını alamazsın. Değil mi?

不，我不太相信網路的安全性。我們土耳其人買東西時得要親眼看到貨物。打算採買東西時通常會事先好好準備，然後才上街或是到商場去。在那邊要買什麼東西也會仔細看清楚，找到最便宜的東西。當然，討價還價也是一定要的。買東西怎麼能不講價。可是線上購物你就沒辦法享受討價還價的樂趣了，不是嗎？

A: Haha... Haklısın ama bence bu çok yorucu. Ben evde oturduğum yerden hem çayımı içiyorum hem de alacağım şeylere bakıp seçiyorum. Üstelik alınan şey beğenilmezse iade edilir. Şimdiye kadar hiç sorun yaşamadım.

哈哈……你説得對，可是我覺得這樣太累人了。我在家裡坐著，可以邊喝茶邊挑選我要買的東西。而且買到的東西不滿意還可以退貨。到目前為止我都沒遇到任何麻煩。

B: Peki. Alışverişlerini nasıl yapıyorsun? Kartla mı yoksa kapıda mı ödüyorsun?

好，那你都怎麼（線上）購物，是刷卡還是貨到付款呢？

A: Kredi kartıyla ödemek daha kolay. Milyonlarca insan bu şekilde alışveriş yapıyor. Bence çok da güvenli. Tabii alışveriş yaptığın sitelerin de güvenli olması lazım. Her siteye kredi kartı bilgilerini vermek doğru değil.

使用信用卡更加簡便。上百萬人都這樣購物。我覺得也很安全。當然你購物的網站也必須值得信賴。把信用卡資料隨意地提供給各個網站並不妥當。

B: Haydi o zaman yardım et de ben de internet üzerinden ilk alışverişimi yapayım.

那麼請你協助，我也來試試第一次的線上購物。

II.1 被動語態

II.1.1 意義

就動詞和主詞間的關係來看，主詞明確而且是做動作者時，動詞屬於主動語態。若主詞為某動作或事件的受影響者，則動詞屬於被動語態。

被動語態通常具有如下特色：

1. 主詞本身無行動能力；當事情、物品做為主詞時，通常只會是動作的接受者。
2. 語意重心在於發生的動作、事情而非動作者；動作者可能不明確、敘述者有意隱瞞，或是動作者數量過多（甚至是所有人、一般人）無法一一列舉。

因此，當我們不清楚或不願意表明動作者時，通常會使用被動語態的句子。當動作者為「一般人」、「我們大家」、「人們」時，為了讓文句較為簡潔，土耳其人也習慣使用被動語態來表達。例如：

- Cam kırıldı.（玻璃被打破了。）〔主詞無行動能力，敘述焦點放在事件本身〕
- Yangın söndürüldü.（火災被撲滅了。）〔敘述重點在於火勢被控制而不是救火者是誰。〕
- Güneşin her gün doğması, her akşam batması bilinir.

  （太陽每天升起、每晚落下是大家都知道的。）〔動作者為所有人，無法也無需一一列舉。〕
- Kütüphanede yüksek sesle konuşulmaz.

  （圖書館內禁止高聲交談。）〔使用被動語態以避免指名道姓、預設立場等尷尬局面。〕

當我們使用被動語態將事件或動作做為主要資訊，還希望附帶提供動作者做為輔助資訊時，可以透過 tarafından 或在名詞之後加接 -ca, -ce, -ça, -çe 字尾以表明動作者。例如：

- Yer çekimi kanunu Isaac Newton tarafından keşfedildi.

  （萬有引力定律是牛頓發現的。）
- Her yıl şirketimizce yurt dışı gezisi yapılıyor.（我們公司每年舉辦海外旅行。）

當我們在翻譯土耳其文被動語態句子時，往往會透過「人們……」、「（我們）大家……」等詞語把句子轉為主動語態表達。例如：bilinmek 可以翻譯成「人盡皆知」；tanınmak 可以翻譯為「家喻戶曉」等。

II.1.2 型態

1. 若主動語態的動詞字根以母音結尾，只需加上 -n- 即可轉為被動語態。

主動語態動詞字根	被動語態
yıka-	yıkan-
ara-	aran-
düzenle-	düzenlen-
bekle-	beklen-
oku-	okun-
ütüle-	ütülen-

例如：

- Ali, arabayı yıkadı.（Ali 洗了車。）
- Araba Ali tarafından yıkandı.（車是 Ali 洗的。）

- Biz Maltepe'de kiralık bir büro arıyoruz.（我們在 Maltepe 區找出租的辦公室。）
- Maltepe'de kiralık bir büro aranıyor.（徵求 Maltepe 區的出租辦公室。）

- Annem gömleklerimizi ütüledi.（我媽媽熨燙了我們的襯衫。）
- Gömleklerimiz (annem tarafından) ütülendi.（我們的襯衫（被我媽媽）熨燙好了。）

2. 若主動語態的動詞字根以 l 子音結尾，則根據最後一音節的母音諧音而加接 -ın-, -in-, -un- 或 -ün-，轉為被動語態。

主動語態動詞字根	被動語態
al-	alın-
bil-	bilin-
çal-	çalın-
sil-	silin-
bul-	bulun-
böl-	bölün-

例如：

- Biri cüzdanımı çalmış. （某個人偷了我的皮夾。）
- Cüzdanım çalınmış. （我的皮夾被偷了。）

- Şirketimize 10 eleman alacağız. （我們將雇用 10 位工作人員到本公司。）
- Şirketimize 10 eleman alınacaktır. （本公司將雇用 10 位工作人員。）

- Herkes bu üzüntülü hikâyeyi biliyor. （每個人都知道這個哀傷的故事。）
- Bu üzüntülü hikâye (herkesçe) biliniyor. （這個哀傷的故事人盡皆知。）

3. 當主動語態的動詞字根結尾是 l 以外的子音時，根據最後一音節的母音諧音而加接 -ıl-, -il-, -ul- 或 -ül-，轉為被動語態。

主動語態動詞字根	被動語態
bak-	bakıl-
iç-	içil-
sev-	sevil-
kullan-	kullanıl-
görüş-	görüşül-
otur-	oturul-
çöz-	çözül-

例如：

- Büyükler çocukları seviyor.（長輩們疼愛孩子們。）
- Çocuklar (büyükler tarafından) seviliyor.（孩子們受到（長輩們的）疼愛。）

- Bilim adamları sonunda sorunu çözmüşler.（科學家們最後解決了問題。）
- Sorun sonunda (bilim adamlarınca) çözülmüş.（問題最後（被科學家們）解決了。）

- Hemşireler hastaya iyi bakmış.（護士們妥善地照料病患。）
- Hasta (hemşireler tarafından) iyi bakılmış.（病患受到（護士們）妥善的照料。）

II.1.3 例句

我們接著來看看課文中被動語態的應用：

- Kart bilgileri girilerek ödeme yapılır.（輸入信用卡上的資料就可付款。）〔若要寫成主動語態，需加上主詞 biz（我們）或 insanlar（人們）；而改成 Biz kart bilgileri girerek ödeme yaparız. 或 İnsanlar kart bilgileri girerek ödeme yaparlar.〕
- Üstelik alınan şey beğenilmezse iade edilir.（而且買到的東西不滿意還可以退貨。）〔若要寫成主動語態，需加上主詞 biz（我們），而成為 Üstelik aldığımız şeyi beğenmezsek iade edebiliriz.〕
- Peki internetten yapılan alışverişlerde para nasıl ödenir?（好，那線上購物要怎麼付錢呢？）〔若寫成主動語態，需加上主詞 biz（我們）；而改成 Peki internetten yaptığımız alışverişlerde parayı nasıl öderiz?〕

此外，被動語態常與寬廣式連用以表示常態、人盡皆知的道理或避免指涉立場的公告事項；例如：

- Kredi kartıyla ödeme yapılır.（可以使用信用卡付款。）〔主動語態寫法為：Kredi kartıyla ödeme yapabilirsiniz.（您可以使用信用卡付款。）〕

- Sigara içilmez.（禁止吸菸。）〔也常寫成 Sigara içmek yasaktır.〕
- İçeriye girilmez.（禁止入內。）〔也常寫成 İçeriye girmek yasaktır.〕
- Ambulansa nasıl yol verilir?（該怎麼讓路給救護車？）
- Kara haber tez duyulur.（壞消息總是傳得快；土耳其格言。）
- Kavgada kılıç ödünç verilmez.（爭戰時不可以把劍借人；土耳其格言。）
- Gençliğin kıymeti ihtiyarlıkta bilinir.（人在年老時才懂得珍惜青春的可貴；土耳其格言。）

　　下面讓我們來看看使用 tarafından 或 -ca, -ce, -ça, -çe 字尾標示出動作者的例句：
- Kapı biraz sonra öğrenci tarafından açıldı.（門稍後被學生打開了。）
- Ev polisler tarafından arandı.（房子被警方搜查過了。）
- Duvardaki resimler ilkokul öğrencilerince yapıldı.（牆壁上的圖畫是小學生畫的。）
- Aralık ayında Chengchi Üniversitesince Bölümlerarası Koro Yarışması düzenlenir.
（十二月政治大學會舉辦系際合唱比賽。）

II.2 -CA 構詞詞綴

II.2.1 意義

　　在某些形容詞或副詞後面，根據結尾的字母以及最後一音節的母音粗細諧音而加上 -ca, -ce, -ça, -çe 可以構成意思相同的副詞。例如：Hırsız sessizce eve girmiş.（小偷悄悄無聲息地進了屋子。）〔由形容詞（sessiz）轉為副詞（sessizce）〕

　　這種 -ca, -ce, -ça, -çe 構詞字尾有時也可構成縮減語意或程度的形容詞，因而 -ca, -ce, -ça, -çe 亦屬於「縮小字尾」的一種。例如，若 güzel 意思是「漂亮的」，則 güzelce 意思是「還算漂亮的、有點漂亮的」；büyük 意思是「大的」，而 büyükçe 程度上略小些，「有點大的、稍大的」。例如："Dün otobüsteyken güzelce bir kız gördüm.（昨天我在公車上看到一個還算漂亮的女孩子。）"句子裡的 güzelce 為語意上縮小的形容詞；但是 "Temizlikçi masayı sildikten sonra etrafını güzelce süpürmüştü.

（清潔工擦完桌子後把周圍好好地打掃了一番。）"句中 güzelce 做為副詞用，語意上並不縮小，意思與 iyice 相近。

簡言之，當我們看到經由 -ca, -ce, -ça, -çe 構詞字尾組成副詞時，通常語意不變；若是經由 -ca, -ce, -ça, -çe 構詞字尾組成形容詞，則語意上較原詞略為縮小。例如課文中出現的 iyice 屬於副詞，因此僅是詞性上改變而語意不變："Alışveriş yapılacağı zaman genellikle iyice hazırlanılır."（人們打算採買東西時通常會事先好好準備。）以及 "Orada ne alınacaksa iyice bakılır. "（人們在那邊要買什麼東西也會好好地看清楚。）

另外，還有一種在 on, yüz, bin, on bin, milyon 之類的數字後面加上複數字尾 -lar, -ler 後再加上 -ca, -ce 構詞字尾，用以表達「數十⋯⋯」、「上百⋯⋯」、「成千⋯⋯」、「上萬⋯⋯」、「上百萬⋯⋯」等語意。例如課文中出現的 "Binlerce insan bu şekilde alışveriş yapıyor."（成千上萬的人都是這樣買東西的。）由於這些較籠統的數字已具複數意味，其後的名詞不需再加接複數字尾。

我們也可以在像是 dakika, saat, gün, hafta, ay, yıl⋯⋯等表示時間的名詞後面加上帶有複數字尾的 -larca, -lerce，用以表達「連著好幾分鐘」、「連續數小時」、「連著很多天」、「連續好幾個禮拜」、「數月以來」、「多年來」⋯⋯等語意。例如 "Amerika'ya gittikten sonra onu yıllarca görmedik.（他去美國以後我們好幾年沒見到他了。）"

II.2.2 例句

以下讓我們來看看應用 -ca, -ce, -ça, -çe 構詞詞綴的例句：

1. 做為縮小語意的形容詞：
- Büyükçe bir araba almak istiyor.（他想買部稍微大一點的車。）
- Teyzem, tombulca bir bayan, her zaman güler yüzlü.（我的阿姨是位有點圓潤的女士，她總是笑臉迎人。）

- Kız arkadaşım, teni esmerce, uzun boylu ve mavi gözlü, neşeli biri.（我的女朋友是個膚色略黑、高個子、藍眼睛，開朗的人。）

2. 轉為副詞：

- Genç adam yerinden kibarca kalktı, yavaşça gitti.（年輕人優雅地起身，慢慢地離去。）
- Beni pek sevmedi diye bana ilgisizce davrandı.（他不太喜歡我，而冷淡地對待我。）
- Bunlar sıkça sorulan sorulardır.（這些是大家常問的問題。）

3. 表示複數意味的形容詞：

- Dünyada milyonlarca insan açlık çekiyor, savaş yaşıyor.（世界上有數以百萬計的人挨餓，活在戰火下。）
- Aradan haftalarca gün geçti. O günkü olayı hâlâ unutamadım.（這當中經過了好幾個禮拜，我還是忘不了那天的事件。）
- Bayram tatilinde onlarca araba kaza yapmış, yüzlerce insan yaralanmış.（節慶連續假期中有數十輛車肇事，上百個人受傷。）

II.3 ⋯⋯認為

II.3.1 意義

當我們在人稱代名詞 ben, sen; biz, siz 之後加上 -ce，可以表達「我認為」、「你認為」；「我們認為」、「你們認為；您認為」的語意。而第三人稱單數、複數代名詞或其他名詞則必須透過 "-a / -e göre" 型態才能表達；例如：ona göre（他認為）、onlara göre（他們認為）、Ahmet'e göre（Ahmet 認為）、babama göre（我爸爸認為）⋯⋯等。

II.3.2 例句

先讓我們看看課文中的例子：

- Haklısın ama bence bu çok yorucu.（你說得對，但我覺得這很累人。）
- Bence çok da güvenli.（我認為它也很安全可靠。）

其他更多的例句：

- Bu elbise hem kaliteli hem güzel diye düşünüyorum. Sizce?（我認為這件衣服品質好又漂亮。您認為呢？）
- Bu iyi bir fikir gibi görünüyor. Sence de öyle mi?（這看來似乎是個好主意。你也這麼覺得嗎？）
- Sence bize yalan söylüyor mu?（你覺得他撒謊騙我們嗎？）
- Çocuklara göre yazın dondurma yemek çok güzel olur.（孩子們認為夏天吃冰淇淋很棒。）
- Doktorlara göre sağlıklı yaşamak için dengeli beslenmek, düzenli spor yapmak ve yeterince dinlenmek gerekiyor.（醫生們認為要活得健康必須攝取均衡的營養、規律運動以及充分休息。）
- Ona göre durum sonradan düzelir.（他認為情況之後會改善。）

III.1 配合題

請選擇合適的詞語完成以下句子。

( ) ❶ Benim babam _____ bir adam.   A. Belediyesince

( ) ❷ Sınavdaki soruları _____ yaptım.   B. milyonlarca

( ) ❸ Dört odalı, _____ bir ev arıyorum.   C. haftalarca

( ) ❹ Geç kalan öğrenci _____ sınıfa girdi.   D. şişmanca

( ) ❺ Bugün sınıfımıza _____ bir kız geldi.   E. büyükçe

( ) ❻ Dün _____ insan kötü hava yüzünden   F. yüzlerce
         yollarda kaldı.

( ) ❼ Her yıl _____ yabancı turist Türkiye'ye geliyor. G. sessizce

( ) ❽ Sınav için _____ çalıştı ve sonunda   H. kolayca
         diplomasını aldı.

( ) ❾ Hiç gitmedim ama _____ Hualien çok   I. güzelce
         güzeldir. Sence?

( ) ❿ Ankara Büyükşehir _____ otobüs ücretlerine   J. bence
         zam yapıldı.

III.2 配合題

請選擇合適的詞語完成以下句子。

( ) ❶ Bu şarkı geçen gün _____   A. yakalandı.

( ) ❷ Tarkan, Türkiye'de çok _____   B. seviliyor.

( ) ❸ Duvar ustalar tarafından _____   C. söylendi.

( ) ❹ Depremde bütün binalar _____   D. boyandı.

( ) ❺ Sana olan borcumun hepsi _____   E. yaşandı.

( ) ❻ Hırsız hemen polis tarafından _____   F. yapıldı.

( ) ⑦ Bu resim Van Gogh tarafından _____   G. yıkıldı.

( ) ⑧ Geçen gün Yinggı'da güzel bir gün _____   H. ödendi.

( ) ⑨ Tayvan'da kış aylarında bolca "huoguo" (火鍋) I. silindi.

( ) ⑩ Öğretmenin tahtaya yazdığı yazılar öğrenciler J. yenir.
         tarafından _____

III.3 填充題

請將下列動詞改為被動語態，並加上時態字尾之後填入適當的空格。

> hazırlamak / vermek / okumak / çözmek / yapmak
>
> bölmek / bilmemek / giymek / eğlenmek / harcamak

❶ Geçen gün pasta ikiye _____ .

❷ Dünkü bulmaca kardeşim tarafından iki dakika içinde _____ .

❸ Yarın bize gelecek misafirler için annem tarafından güzel bir sofra

_____ .

❹ Çin yeni yılında büyükler tarafından çocuklara kırmızı zarf içinde para

_____ .

❺ Dün maliye bakanı tarafından maaş zammı üzerine etraflıca bir açıklama

_____ .

❻ Orhan Pamuk'un son romanı Türkiye'de milyonlarca insan tarafından

_____ .

❼ Gelecek haftaki partide çok _____ .

❽ Bu düğün için çok para _____ .

❾ Beyaz gömlek kim tarafından _____ ?

❿ Uyuşturucunun zararları fazla _____ .

III.4 句子改寫

請將下列句子改寫為被動語態。

❶ Öğrenciler ev ödevlerini yapmadılar.

　　Ev ödevleri ＿＿＿＿＿＿＿＿＿＿＿＿＿＿＿＿＿＿.

❷ Annem yemek hazırladı.

　　Yemek (annem tarafından) ＿＿＿＿＿＿＿＿＿＿＿＿.

❸ Çocuklar futbol oynadılar.

　　Futbol (çocuklar tarafından) ＿＿＿＿＿＿＿＿＿＿＿.

❹ Her akşam futbol maçı seyrederiz.

　　Her akşam futbol maçı ＿＿＿＿＿＿＿＿＿＿＿＿＿＿.

❺ İnsanlar hastalanınca doktora giderler.

　　Hastalanınca doktora ＿＿＿＿＿＿＿＿＿＿＿＿＿＿.

❻ Onlar paralarını kaybettiler.

　　Paraları ＿＿＿＿＿＿＿＿＿＿＿＿＿＿＿＿＿＿＿＿.

❼ Öğretmen bütün sorularımızı cevapladı.

　　Bütün sorularımız öğretmen tarafından ＿＿＿＿＿＿＿.

❽ Doktor hastayı muayene ediyor.

　　Hasta (doktor tarafından) ＿＿＿＿＿＿＿＿＿＿＿＿.

❾ Bazı insanlar çevreyi bilinçsizce kirletiyor.

　　Çevre bazı insanlar tarafından bilinçsizce ＿＿＿＿＿＿.

❿ Sabah erkenden bütün cadde ve sokakları çöpçüler süpürüp temizler.

　　Sabah erkenden bütün cadde ve sokaklar çöpçüler tarafından ＿＿＿＿＿＿.

MP3-17

ambulans	名	救護車
bilgi	名	資料、信息
büro	名	辦公室；辦事處
cam	名	玻璃；玻璃窗
çalmak	動	偷竊
çarşı	名	市場
çözmek	動	解決；解開
dengeli	形	均衡的
düzelmek	動	好轉、獲改善
eleman	名	成員、工作人員
esmer	形	皮膚黝黑的
fazla	形	更多的；過多的
fazla	副	更多地；過度地
girilmek	動	（無特定人稱的）進入
gömlek	名	襯衫
güvenli	形	安全的；可靠的、可信賴的
güvenmek	動	信賴；信任
hırsız	名	小偷、竊賊
hikâye	名	故事
iade etmek	動片	歸還；退回
ihtiyarlık	名	老年
ilgisiz	形	不相關的；漠不關心的
iyice	副	相當地；好好地
kaliteli	形	優質的、高品質的

kanun	名	法律；（自然）法則；定律、定理
kara	形	不幸的、壞的
kavga	名	爭吵；戰爭
kaza	名	事故；意外
kaza yapmak	動片	肇事；發生意外
keşfetmek, -der	動	發現
kırmak	動	打破
kıymet, -ti	名	價值；珍貴
kibar	形	高尚的、高貴的
koro	名	合唱團
kredi kartı	名	信用卡
ödünç	形	借的；借來的；借予的
ödünç vermek	動片	借給
pazarlık	名	討價還價
pazarlık yapmak	動片	講價
sağlıklı	形	健康的
satın almak	動片	購買
saye	名	庇蔭；協助
sessizce	副	靜悄悄地、無聲無息地
silmek	動	擦拭
site	名	網站
sorun	名	困擾；問題
söndürmek	動	熄滅（燈／火）
şekil, -kli	名	形式；方式

şirket, -ti	名 公司
temizlikçi	名 清潔工
ten	名 皮膚
tez	副 迅速地
tombul	形 胖嘟嘟的
ütülemek	動 熨燙
yalan söylemek	動片 撒謊、說謊
yangın	名 火災
yaralamak	動 使受傷；傷害
yarışma	名 比賽
yasak	形 禁止的
yaşamak	動 經歷
yaygın	形 流行的；廣傳的；普遍的
yaygınlaşmak	動 趨流行；廣傳；普遍
yer çekimi	名 地心引力
yol vermek	動片 讓路；放行

NOTLARIM

Ders 8 ÇOK YAŞA!

第八課 祝你長命百歲！

本課學習目標

1. 反身代名詞 kendi

2. 反身語態

3. kendisini ... hissetmek 句型

MP3-18

Çok Yaşa! 祝你長命百歲！

A: Kendimi iyi hissetmiyorum. Başım çok ağrıyor. Sende ağrı kesici var mı?

我覺得不太舒服，我的頭很痛。你有止痛藥嗎？

B: Ağrı kesici var, ama sen iyi görünmüyorsun. Bence doktora gitsen daha iyi olur.

止痛藥是有啦，但你看起來不太好。我覺得你去看醫生比較好。

A: Doktora gerek yok. Kendi kendine geçer bence. Biraz da dinlenirsem sorun kalmaz.

不需要去看醫生啦！我想它自己會好。我稍微休息一下就沒問題了。

B: Kendini düşünmüyorsun. İyi beslenmiyorsun ve banyodan sonra saçını kurutmadan sokağa çıkıyorsun. Sana hemen bir nane limon kaynatayım da bir güzel iç. İyi gelir.

你沒為自己著想。你不注重飲食，洗完澡後頭髮沒吹乾就上街。我馬上煮杯薄荷檸檬茶讓你喝下，你會好些。

A: Tamam, çok teşekkür ederim. Ben de hemen yıkanıp giyineyim. Okula gitmem lazım. Bugün önemli bir dersim var.	好的，多謝。我也趕快洗個澡、穿好衣服。我必須去學校。今天我有一門重要的課。
B: Kendin gidebilir misin? Seninle gelmemi ister misin?	你自己可以去嗎？要我陪你一塊兒去嗎？
A: Bence kendim gidebilirim, teşekkür ederim. Daha kötü olursam zaten doktora giderim.	我覺得我自己可以去，謝謝。要是我情況更糟的話，就會去看醫生。
B: Tamam, kendine dikkat et. Sağlık işi şakaya gelmez!	好吧，那你好好照顧自己。健康這件事可不是開玩笑的。
A: İyi ki varsın. Sen olmasan ben ne yapardım?	幸好有你。要是你不在，我可怎麼辦才好？
B: Haha. Kendi kendine oturur, ağlardın herhâlde.	哈哈，你大概會獨自坐下來大哭一場吧。
A: Haha.	哈哈。

Nane Limon Kabuğu 薄荷檸檬皮

歌手：Barış Manço（1943.01.02 ～ 1999.02.01），土耳其搖滾樂先鋒。

歌曲簡介：本曲創作於 1970 年代，當時 Barış Manço 人在比利時，因生病想起土耳其草藥而作。曲調輕快活潑，除了表達人在異鄉、對故鄉的思念，並希望藉由分享自己故鄉的草藥配方，讓聽眾也受惠、有祝福大家身體健康之意。本曲後收錄於 1989 年發行的《Darısı Başınıza 願你們也受惠》專輯中。

Eski adamlar doğruyu söylemiş; bir çiçekle bahar olmaz	古人說得對；一朵花不足以成就春天
Kişi kendini bilip sağa sola sormalı, can pazarı bu oyun olmaz.	人也該清楚自己的狀況，多去請教，別把性命當作兒戲
Zürafanın düşkünü, beyaz giyer kış günü	失意的長頸鹿冬天只得穿白布衣（比喻居高位者一旦失去所憑藉的優勢便舉止失措成為眾人嘲弄的對象。）

Sonunda şifayı kapıp da şaşırınca bana gel, beni dinle, iyi yaz

當你生了病、不知如何是好時，來找我，仔細聽我説，好好寫下來

Defteri kalemi al, iyi yaz

拿起紙筆，好好記下來

Nane limon kabuğu bir güzel kaynasın aman ha ha ha ha ha

把薄荷、檸檬皮仔細煮開啊～～哈哈哈……

İçine hatmi çiçeği, biraz çörek otu katasın aman ha ha ha ha ha hatta

裡頭再加上木槿花和一點黑色小茴香籽啊～～哈哈哈……

Biraz tarçın, bir tutam zencefil aman ha ha ha ha ha

還有一點點肉桂、少許薑啊～～哈哈哈……

Bin derde deva geliyor, biraz daha sabret güzelim ha ha ha ha ha hapşu

這可是萬靈丹啊，親愛的，再稍微耐心等候一下～～哈哈哈……哈啾！

Çok yaşa. Sen de gör. Rahat ve iyi yaşa

願你長命百歲。你也是。願你活得舒坦、安好

Sen tedbirini al, önünü kış tut, bırak yine de yaz gelsin

你好好預防，準備好好度過冬天，算了，還是讓夏天到來吧

Çoğu zaman hesap çarşıya uymaz, sonra dizini döversin

通常計畫趕不上變化，然後你會後悔

Zürafanın düşkünü, beyaz giyer kış günü

失意的長頸鹿冬天只得穿白布衣

Sonunda şifayı kapıp da şaşırınca bana gel, beni dinle, iyi yaz

當你生了病、不知如何是好時，來找我，仔細聽我説，好好寫下來

Defteri kalemi al, iyi yaz

拿起紙筆，好好記下來

Nane limon kabuğu bir güzel kaynasın aman ha ha ha ha ha

把薄荷、檸檬皮仔細煮開啊～～哈哈哈……

İçine hatmi çiçeği, biraz çörek otu katasın aman ha ha ha ha ha hatta

裡頭再加上木槿花和一點黑色小茴香籽啊～～哈哈哈……

Biraz tarçın, bir tutam zencefil aman ha ha ha ha ha

還有一點點肉桂、少許薑啊～～哈哈哈……

Bin derde deva geliyor, biraz daha sabret güzelim ha ha ha ha ha hapşu

這可是萬靈丹啊，親愛的，再稍微耐心等候一下～～哈哈哈……哈啾！

Çok yaşa. Sen de gör. Rahat ve iyi yaşa

Barış iğneyi kendine batırır çuvaldızı başkasına

Bol keseden aklı ona buna dağıtır, darısı kendi başına

願你長命百歲。你也是。願你活得舒坦、安好

Barış 啊，可是將心比心哪～～

他把無盡的錦囊妙計四處分享，希望他自己也受惠

II.1 反身代名詞 kendi

II.1.1 意義

1. 反身代名詞 kendi 是「自己」的意思，在它之後加接人稱所屬格即可表達「……自己」，如：kendim（我自己）、kendin（你自己）、kendi 或 kendisi（他自己）、kendimiz（我們自己）、kendiniz（你們自己；您自己）、kendileri（他們自己）。

   作為句中主詞時，其後不再加格。但若作為受詞使用，則在人稱所屬格後加上受格。作為句中補語時，則根據搭配使用的動詞加在格、從格或到格。例如：

   • Bu elbiseyi kendim seçtim.（這件衣服是我自己挑選的。）〔作為主詞〕
   • Kendimi iyi hissetmiyorum.（我覺得不太舒服。）〔作為受詞〕
   • Kendinize iyi bakın.（請你們好好照顧自己。）〔作為補語〕

2. 若要表達「（某人）自己的……」時，則 kendi 轉為形容詞，不加任何格，而在後面的名詞加上人稱所屬格，如：kendi arabası（他自己的車）、kendi evimiz（我們自己的房子）。例如：

   • Her gün kendi arabasıyla çocuğunu okula götürüp getiriyor.
     （他每天開自己的車接送孩子上下學。）
   • Sonunda kendi evimiz oldu; çok mutluyuz.（我們終於有了自己的房子；感到很快樂。）

3. 至於 kendi kendine 副詞則是「自顧自……」、「獨自……」或「自行……」的意思；例如課文中 "Kendi kendine geçer bence." 是「我想它自己會好。」的意思。而 "Kendi kendine oturur ağlardın herhâlde." 則是「你大概會獨自坐下來大哭一場吧。」

II.1.2 例句

下面讓我們一起來看看應用反身代名詞 kendi 的例句：

- Bu senin ödevin. Kendin yapmalısın.（這是你的作業。你應該自己做。）
- Kendisi gelsin, benimle konuşsun.（讓他自己過來跟我說。）
- Burslu öğrenci değil, kendi imkânlarıyla okuyor.（他不是獎學金生，他自費就讀。）
- Kendi kendine karar vermiş, bizim haberimiz yok.
  （他自顧自做了決定，我們並不知情。）
- O kadar benciller ki sadece kendilerini düşünüyorlar.
  （他們是那麼自私，只想到自己。）
- Biraz da kendine zaman ayırmalısın, hep başkaları için çalışıyorsun.
  （你該為自己留點時間，你老是為別人忙。）
- Çok garip, kapı kendi kendine açılıvermiş.（好奇怪，門竟然自動開啟了。）

II.2 反身語態

II.2.1 意義及型態

以主詞和動詞間的關係來說，當動作只影響到主詞本身時，動詞處於反身語態；反身語態表達「（某人）自己做某事」的語意。

由於反身語態的動作只影響主詞本身，不會影響他人，故反身語態的動詞屬於不及物動詞。日常生活中自行洗浴、著裝、梳頭、裝扮等動作，在土耳其文中往往透過將動詞加上 -n-; -ın-, -in-, -un-, -ün- 或 -ıl-, -il-, -ul-, -ül- 的方式，轉為反身語態。

主動語態動詞字根	反身語態
yıka-	yıkan-
tara-	taran-
sev-	sevin-
giy-	giyin-
öv-	övün-

主動語態動詞字根	反身語態
kat-	katıl-
sık-	sıkıl-
üz-	üzül-

例如：

- Ayşe en güzel elbeselerini giyer, kendisini süsler ve partiye gider.
  （Ayşe 穿上最漂亮的衣服，把自己打扮得美美地、去參加派對。）
- Ayşe giyinir, süslenir ve partiye gider.（Ayşe 梳妝打扮、去參加派對。）

- Üşümemek için kendini yıkadıktan sonra hemen kurulamalısın.
  （為了不著涼，你洗完澡後應該立刻擦乾自己的身體。）
- Üşümemek için yıkandıktan sonra hemen kurulanmalısın.
  （為了不著涼，你洗完澡後應該立刻擦乾身體。）

- Hırsız kendisini saklamış.（小偷把自己藏了起來。）
- Hırsız saklanmış.（小偷躲起來了。）

II.2.2 例句

　　我們來看看將動詞加上 -n-; -ın-, -in-, -un-, -ün- 或 -ıl-, -il-, -ul-, -ül- 轉為反身語態的例句：

- Akşamki parti için güzelce giyinmiş, süslenmiş.（他為了晚上的派對精心裝扮。）
- Bugün çok soğuk. Yıkandıktan sonra hemen giyinmelisin.
  （今天很冷。你洗完澡後應該立刻穿上衣服。）
- Buradan ayrılacaksın diye çok üzülüyoruz.（我們很難過你將離去。）
- Maçı kazandığınıza çok sevindim. Tebrikler.（我很開心你們贏了比賽。恭喜。）
- Oyunlarınıza ben de katılabilir miyim?（我可不可以也參加你們的遊戲？）
- Of, hep aynı şeyleri dinlemekten çok sıkıldım.（老是聽同樣的事情，我覺得好煩。）

　　並非所有的主動語態動詞都可以轉為反身語態。此時，我們會透過反身代名詞 kendi 或副詞 kendi kendine 來表達反身語意。例如：

- Kendiniz gidip görmelisiniz.（你們應該自己前去瞧一瞧。）
- Nedense kendi kendine konuşup duruyor.（他不知何故不停地自言自語。）
- Bu durumda kendi kendimizi korumalıyız.
  （這樣的情況下我們必須自己保護自己。）

II.3　kendisini ... hisstmek 句型

II.3.1 意義及用法

　　課文一開頭的 Kendimi iyi hissetmiyorum.（我覺得（自己）不太舒服。）是表達「某人自身感受」的常用句型。

　　由於 hissetmek（感覺、察覺）這個動詞為及物動詞，因此，kendi 加了人稱所屬格之後須再加上受格，以作為全句的受詞。

　　由於這個句型表達主詞本身的感覺感受，除了主詞述詞的人稱一致之外，kendi 反身代名詞後面的人稱所屬格的人稱單複數也必須一致。此處的形容詞則扮演補語的功能。

II.3.2 例句

以下我們分別看看不同人稱的主詞套用此句型的例句：

- Nedense kendimi çok yorgun hissediyorum.（不知何故，我感到很疲倦。）
- - Şimdi kendini nasıl hissediyorsun? - Sağ ol. Dinlendikten sonra kendimi daha rahat hissediyorum.（- 現在你覺得怎麼樣？ - 謝謝。休息過後我覺得比較舒服了。）
- Maalesef, Ali kendisini sorumlu hissetmiyor.（很遺憾地，Ali 並不覺得自己有責任。）

- Naneli limonlu çay çok iyi gelmiş, şimdi kendimizi çok dinamik hissediyoruz.

（薄荷檸檬茶很有效，現在我們感到活力滿滿。）

- Umarım laflarımdan dolayı kendinizi rahatsız hissetmiyorsunuzdur.

（希望我的話不會令您／你們感到不自在。）

- Bu olayın karşısında kendilerini çaresiz hissetmişler.

（對於這個事件他們覺得無能為力。）

II.3.3 小練習

請選擇適當的詞語填入。

kötü iyi yorgun mutlu şanslı rahat

例如：Şu anda kendimi _____ (hissetme-) _____ .

> → *iyi hissetmiyorum*

❶ Dün çok az uyuduk. Şu anda kendimizi _____ (hisset-) _____ .

❷ - Tebrikler, size büyük ikramiye çıktı. Şimdi ne düşünüyorsunuz?

- Kendimi çok _____ (hisset-) _____ . Bu parayla dünya turuna çıkmayı düşünüyorum.

❸ Durumu iyice incelemeden onları suçladım. Şimdi kendimi _____ (hisset-) _____ .

❹ Bugün doğum günüm. Çok güzel hediyeler aldım. Kendimi çok _____ (hisset-) _____ .

❺ Datça'nın havası, güneşi ve denizi tam bana göre. Oradayken hiçbir şey düşünmüyordum. Kendimi çok _____ (hisset-) _____ .

III 練習 | ALIŞTIRMA

III.1 配合題

請選擇適當的詞語填入。

( )　❶ Her gün ___ işe gidiyor.　　　　A. kendi arabasıyla

( )　❷ Bu problemi ___ çözebiliriz.　　　B. Kendi paramla

( )　❸ Burslu değilim. ___ okuyorum.　　C. Kendileri

( )　❹ Bütün çamaşırları ___ yıkıyorum.　D. kendimiz

( )　❺ Ödevlerinizi neden ___ yapmıyorsunuz?　E. kendiniz

( )　❻ Bu konuda kendi kararını ___ vermelisin.　F. Kendisi

( )　❼ Onur artık çok büyüdü. ___ giyinebiliyor.　G. kendim

( )　❽ Aslında onları ikna etmedim. _____ kabul　H. kendin
　　　etmişler.

III.2 配合題

請選出合適的中文翻譯，並留意劃線處詞語（反身代名詞或反身形容詞）的用法。

( )　❶ Kapı aniden <u>kendiliğinden</u> açıldı.　A. 有一句土耳其諺語：自己跌倒的人不會哭。（對於自己的所做所為要甘願承受後果。）

( )　❷ <u>Kendi kendine</u> konuşana deli derler.　B. 祝你們大家一路順風。照顧好你們自己喔！抵達時請你們通知一下。

( )　❸ Bir Türk atasözü var: <u>Kendi</u> düşen ağlamaz.　C. 他不管在哪裡看到食物就控制不了自己吃起來。

( )　❹ Nerede yemek görse <u>kendini</u> tutamayıp yiyor.　D. 他喝很多酒又抽很多菸，傷害自己（的健康）。

( )　❺ Çok içki ve sigara içiyor. <u>Kendine</u> çok zarar veriyor.　E. 一回到家我就要給自己做道美味的義大利麵。

( )　❻　Eve gidince <u>kendime</u> şöyle güzel bir spagetti yapacağım.

F.　他們私下達成了協議，也沒告訴任何人。

( )　❼　<u>Kendi</u> aralarında anlaşmışlar ve kimseye söylememişler.

G.　人們會把自言自語的人稱為瘋子。

( )　❽　Hepinize iyi yolculuklar. <u>Kendinize</u> dikkat edin! Varınca haber verin!

H.　門突然自己（自動）打開了。

III.3 配合、填充題

請由右欄選出合適的動詞改為反身語態並加上時態字尾之後，填入適當的空格。

❶ Ayşe banyodan sonra _____.

A.　yuvarla-

❷ Siz parti için çok güzel _____.

B.　hazırla-

❸ Biz soğuktan battaniyeye _____.

C.　kurula-

❹ Top yokuştan aşağı hızlıca _____.

D.　sakla-

❺ Hırsız polisleri görünce kaçıp _____.

E.　sar-

❻ Kardeşim aylardır yarınki maratona _____.

F.　kat-

❼ Yarın işe gelmeyeceğim, toplantıya da _____.

G.　yor-

❽ Eşinin ölüm haberini alır almaz çok _____ ve fenalık geçirdi.

H.　giy-

❾ Saatlerce bilgisayarın karşısında oturdum. Gözlerim iyice _____.

I.　öv-

❿ Ablam üst üste 3 yıl aynı yarışmada birincilik kazandığından çok _____.

J.　üz-

III.4 填充題

請將動詞改為反身語態，並根據上下文填上適當的型態。

① Ahmet, (sen) banyoda iyice sabunla_____!

② Çocuk, arkadaşlarına yakalanmamak için ağacın arkasına gizle_____.

③ Hemen soy_____, yat; sabah erken kalkacaksın.

④ Bu vitaminlerle gripten (biz) koru_____.

⑤ Boyun çok uzun. Kapıdan geçerken eğ_____.

⑥ Her sabah kalkınca yıka_____, giy_____, tara_____, sonra işe gider.

⑦ Bu güzel haber aldığımıza çok sev_____.

⑧ Herkes bu yarışmadan çek_____ istiyor.

ağrı kesici	名	止痛劑
aman	嘆	啊；唉呀
ayırmak	動	劃分；預留
banyo	名	洗澡、泡澡
batırmak	動	使陷入、插入；浸泡
bencil	形	自私自利的
burslu	形	領有獎學金的
can	名	生命
çörek otu	名	黑色小茴香、籽
çuvaldız	名	縫麻袋用的大針
dağıtmak	動	分配；派送
darı	名	粟、小米
dinamik	形	有活力的
düşkün	形	失意的
garip	形	奇怪的
geçmek	動	過去；消失；完結
hatmi	名	木槿
iğne	名	針、縫衣針
imkân	名	條件；機會
kabuk	名	外殼；（樹／果）皮
katmak	動	加入；添加
kaynatmak	動	使沸騰；煮沸
kese	名	小布袋、錢包
korumak	動	保護、護衛

kurutmak	動	使乾或乾燥
maç, -çı	名	比賽、競賽
nane	名	薄荷
of	嘆	（表不耐或痛苦）哎喲！
oyun	名	遊戲
övmek	動	讚揚、誇獎
sabretmek, -der	動	忍耐；容忍
sıkmak	動	使厭倦、使感到無聊
süslenmek	動	打扮自己
şaka	名	玩笑；笑話
şifa	名	痊癒、恢復健康
şifayı kapmak	動片	生病、患病
taramak	動	梳；耙
tarçın	名	肉桂
tedbir	名	措施
tutam	名	小撮；小量
üzmek	動	使傷心、使痛心
zaten	副	本來就……
zencefil	名	薑

NOTLARIM

Ders 9 BİR DİLEĞİM VAR
第九課　我有個心願

本課學習目標

1. 祈求 - 條件式

2. 連接詞 ne... ne...

MP3-20

Bir Dileğim Var 我有個心願

A:　Kitabımı gördün mü?

你有看到我的書嗎？

B:　Ne kitabı?

什麼書啊？

A:　Canım, yemek kitabı değil herhâlde.
Tabii ki üç gündür bitirmeye çalıştığım,
elimden düşürmediğim kitabı
soruyorum.

親愛的，總不會是美食書吧。當然
我問的是三天來我努力要看完、拿
在手上不放的那本書啊。

B:　Bana neden soruyorsun, ben nereden
bileyim? Nereye koyduysan oradadır.

你幹嘛問我，我哪裡知道？看你放
哪裡了，它就在那裡囉。

A:　İyi, tamam. Kendim arar, bulurum. Hele
şu piyangodan bir ikramiye çıksın…

好。我自己來把它找出來。只要這
張彩卷中獎……

B:	Ne yaparsın çıkarsa?	中獎的話你會做什麼？
A:	Öncelikle kendime güzel bir ev alırım. Evin en büyük odasını da kütüphaneye çeviririm. Tüm kitaplarımı o odaya koyarım. Kitaplarım kaybolmaz ve aradığım kitabı hemen bulurum.	首先我會給自己買間漂亮的房子。然後把屋裡最大的房間改成圖書室。再把我所有的書都放進那個房間。這樣我的書就不會搞丟，要找的書也能立刻找到。
B:	Gerçekten bu mu istediğin? Kitabını aradığında kolay bulmak için mi zengin olmak istiyorsun?	你真的是想要這個嗎？你想要發財就只是為了找書的時候容易找到？
A:	Başka şeyler de olur tabii yapmak istediğim. Mesela zengin olursam dünyayı gezerim.	當然我也會想做其他事情。比方說我發財的話會去環遊世界。
B:	Hah işte tamam şimdi oldu. Nereye gidersin?	哈，這樣才對嘛。你會去哪裡？
A:	Eğer zengin olursam dünyadaki en büyük kütüphaneleri gezeceğim. Bir sürü yeni kitaplar alacağım. Ünlü yazarların imzalı kitaplarını alacağım. Sonra…	如果我發財的話我要去參觀世界最大的圖書館，再買一大堆新書，還要買知名作家的簽名書。然後……
B:	Tamam yeter! Anladım. Kitabın içerdeki televizyon sehpasının üstünde.	好了，夠了。我知道了。你的書就在裡面的電視桌上。

Eğer Sözümü Dinlersen... 如果你聽我的話……

B:	Nasıl, kitabı okudun mu?	怎麼樣，你看完那本書啦？
A:	Evet, okudum.	是，我看完了。
B:	Nasıl bir kitap, biraz anlatır mısın?	是怎樣的一本書，稍微說來聽聽好嗎？
A:	Roman kahramanı bir çocuk. Çocuğun annesi çocuğa sürekli nasihat veriyor. Çocuk da bu durumdan çok sıkılıyor ve evden kaçıyor.	小說的主角是個小孩。他的媽媽常常給他各種忠告。而孩子覺得厭煩便蹺家了。

B: Ne gibi nasihatler?

A: Mesela "Evden çıkarken şemsiyeni al. Almazsan ıslanırsın." "Çok yemek yemezsen hasta olursun." "Erken yatarsan sabah daha kolay kalkarsın." "Derslerine çalışırsan başarılı olursun." gibi yüzlerce nasihat. Çocuk da sıkılıyor tabii bu durumdan ve evden kaçıyor. Bir daha ne eve geliyor ne de telefon açıyor.

B: Sonra ne oluyor?

A: Çocuk uzun yıllar tek başına geziyor. Farklı işlerde çalışıyor. Ne birisiyle konuşuyor ne de ailesi hakkında bilgi veriyor. Sonunda güzel bir kızla tanışıyor. Onu çok seviyor ve evlenmek istiyor. Ama bir gün kız ona "Çok sigara içiyorsun. Eğer sigarayı bırakırsan daha sağlıklı olursun." diyor...

像是怎樣的忠告？

像是「你出門時要帶傘。不帶的話你會淋濕的」、「你不吃多一點會生病的」、「你早睡的話早上也就比較容易起床」、「如果你好好用功就會成功」這類忠告不一而足。孩子當然會感到厭煩，於是便離家出走了。之後再也沒回過家，也沒打過電話回家。

然後怎麼了？

孩子多年來獨自遊歷各地。做過很多不同的工作。既不跟人說話，也不提自己的家人。最後他認識了一個漂亮的女孩子。他很愛她，想娶她。可是有一天女孩子跟他說：「你菸抽太多了。如果你戒菸的話，會變得更健康。」……

II.1 祈求 - 條件式

II.1.1 意義

祈求 - 條件式（-sa, -se）基本上具有「祈求」和「條件」兩種意義；一種單純表示祈求動作的發生，另一種則作為決定主要動作是否發生的條件假設。另有綜合此二種語意的、說話者在條件假設中同時表達祈願的語意。

以下舉三個例句分別簡述以上三種語意：

1. 單純表達祈願："Ah, şu piyangodan bana ikramiye çıksa!"（「啊，但願這張彩讓我中個大獎！」；說話者祈求「中獎」動作的發生）；

2. 單純表達條件假設語意："Hava yağmurluysa dışarıya çıkmayalım."（「如果下雨的話，我們就別出門。」；是否「出門」由「目前是不是下雨」這個客觀條件假設來決定）；

3. 綜合二者，帶有心願的假設："Güzel bir mutfağım olsa rahat rahat yemek yaparım."（「要是我有個好廚房，我就可以舒舒服服地做菜。」；說話者的假設中帶有「希望有個好廚房」的心願）。

由前述例句中我們可以看到，「單純表示祈願」語意中，帶有 -sa, -se 型態者即為句中述詞，因此可以獨立成句；但表達「條件假設」或「條件假設中同時呈現說話者的心願」語意時，帶有 -sa, -se 型態者並非句中主要述詞，而是條件子句的述詞，因此無法單獨成句，後面還必須有主要子句才能將說話者想要表達的意念完整呈現。

條件假設語氣的句子也一樣有動詞句和名詞句兩種變化：動詞句即動詞字根之後加接時態（現在式、確實過去式、傳說過去式、未來式或寬廣式）再根據諧音加接 -sa, -se。名詞句則是形容詞或名詞根據諧音變化加接 -(y)sa, -(y)se。這兩種句式的條件假設子句都是表達說話者對當時的狀態無任何預設立場的客觀假設。

1. 若條件假設子句為動詞句，隨其搭配的時態不同而對不同時間下（過去、現在、未來或常態）發生的動作或事件做客觀假設：

(a) 搭配確實過去式使用，對於可以確實認知的過去已發生動作做假設：

Yemek hazır. Acıktıysanız hemen yiyebilirsiniz.（「飯菜都是現成的。如果你們餓了的話，馬上可以吃。」；說話者假設的是對話者可以確實認知的已發生動作）

(b) 搭配傳說過去式使用，對於<u>無從確實認知的、帶有完成意味的過去情形</u>做假設：
Berrin Hanım'ı arar mısın? Eve varmışsa biz de gidelim.（「請你打個電話給
Berrin 女士好嗎？如果她已經到家了，我們就去（找她）吧。」；説話者無從判斷不在
場的第三者的、帶有完成意味的情形）

(c) 搭配現在式使用，對於<u>目前進行中的情形</u>做假設：Eğer şu anda bilgisayar
kullanmıyorsan kullanabilir miyim?（「如果你現在沒在用電腦的話，我可以使用
嗎？」；説話者因不清楚對話者目前進行中的動作而使用條件假設語氣）

(d) 搭配未來式使用，表達<u>對於未來可能情形</u>的假設：Yarın pikniğe çıkacaksak
bugün hazırlık yapmalıyız.（「明天若我們要去野餐，今天我們必須做好準備。」；
主要子句的動作是基於未來將發生事件的假設而產生。）

(e) 搭配寬廣式使用，表達<u>對於常理或未來可能發生情形</u>的假設：Eğer bir an önce
cevap verebilirseniz çok seviniriz.（「如果您可以早點回覆，我們會很開心。」；
説話者對於自身無法得知的未來可能情形做假設）

2. 若條件假設子句為名詞句，則表達説話者不清楚目前狀態也不預作揣測的客觀假
設：Eğer yorgun değilsen yürüyerek gezelim mi?（「如果你不累的話，我們用走的
逛一逛好嗎？」；説話者並不知道對方目前的狀態而使用假設語氣）

● 小提醒

1. 命令式、願望式不可與表示條件假設的 -sa, -se 形態連用。當然，-sa, -se 形態自
身亦不得重複使用。

2. 各時態與 -sa, -se 組成的複合形態只能做為條件假設子句，須搭配主要子句語意才
完整。

3. 各時態與 -sa, -se 形態連用以表達客觀條件假設而組成複合時態時，依序為動
詞字根後先加接時態字尾，再依據諧音變化加接 -sa 或 -se。例如：Yemeği
beğen<u>diysen</u> hiç çekinme, birkaç tabak daha alabilirsin.（如果你確實喜歡這道菜
請別客氣，你可以再多添幾盤。）

4. 若動詞字根後先加接 -sa, -se，再加接過去時態字尾，語意轉為「事與願違」，表示說話者過去或目前的心願實際上未實現；由於連帶影響到主要子句的動作是否發生，因而主要子句亦需用複合時態呈現，以表達其受限於條件假設子句動作的發生與否。例如： "Geçen hafta doğum günü partime gelseydin bol bol sohbet ederdik." （「要是你上週來參加我的生日派對的話，我們就可以好好聊天了。」；事實上假設語氣中「來」這個動作過去並未發生，主要子句中「聊天」的動作也就沒有實現。）

"Hava yağmurlu olmasaydı pikniğe gidebilirdik." （「要不是下雨的話我們就可以去野餐了。」；由此名詞句加上助動詞 olmak 的假設，可以得知目前正是下雨狀態，以致主要子句的「去野餐」動作無法進行。）

II.1.2 型態

II.1.2.1 條件假設動詞句的基本型態

1. 肯定句基本型態（第三人稱單數）：

　　通常為動詞字根加上時態後再與 -sa 或 -se 諧音即可。以下我們分別以 yazmak, istemek, çalışmak, bitirmek, sormak, görmek, okumak, yüzmek 為例，分別看看它們在確實過去式、傳說過去式、現在式、未來式以及寬廣式各種時態假設語氣第三人稱單數的型態變化情形：

	yazmak	istemek
確實過去式假設	yazdıysa	istediyse
傳說過去式假設	yazmışsa	istemişse
現在式假設	yazıyorsa	istiyorsa
未來式假設	yazacaksa	isteyecekse
寬廣式假設	yazarsa	isterse

	çalışmak	gitmek
確實過去式假設	çalıştıysa	gittiyse
傳說過去式假設	çalışmışsa	gitmişse
現在式假設	çalışıyorsa	gidiyorsa
未來式假設	çalışacaksa	gidecekse
寬廣式假設	çalışırsa	giderse

	korkmak	görmek
確實過去式假設	korktuysa	gördüyse
傳說過去式假設	korkmuşsa	görmüşse
現在式假設	korkuyorsa	görüyorsa
未來式假設	korkacaksa	görecekse
寬廣式假設	korkarsa	görürse

	okumak	yüzmek
確實過去式假設	okuduysa	yüzdüyse
傳說過去式假設	okumuşsa	yüzmüşse
現在式假設	okuyorsa	yüzüyorsa
未來式假設	okuyacaksa	yüzecekse
寬廣式假設	okursa	yüzerse

2. 各種時態及人稱搭配下的肯定句型態：

　　我們再以 yazmak 和 görmek 為例，看看確實過去式、傳説過去式、現在式、未來式以及寬廣式假設語氣中各種人稱單、複數肯定句的型態變化：

(a) 確實過去式肯定假設

Ben	yazdıysam (yazdımsa*)	gördüysem (gördümse*)
Sen	yazdıysan (yazdınsa*)	gördüysen (gördünse*)
O	yazdıysa	gördüyse
Biz	yazdıysak (yazdıksa*)	gördüysek (gördükse*)
Siz	yazdıysanız (yazdınızsa*)	gördüyseniz (gördünüzse*)
Onlar	yazdılarsa	gördülerse

* 除了在確實過去式後先做 -sa 或 -se 的諧音變化，再加上人稱字尾之外，也可在確實過去式之後先加接人稱，再加 -sa, -se。

(b) 傳説過去式肯定假設

Ben	yazmışsam	görmüşsem
Sen	yazmışsan	görmüşsen
O	yazmışsa	görmüşse
Biz	yazmışsak	görmüşsek
Siz	yazmışsanız	görmüşseniz
Onlar	yazmışlarsa	görmüşlerse

(c) 現在式肯定假設

Ben	yazıyorsam	görüyorsam
Sen	yazıyorsan	görüyorsan
O	yazıyorsa	görüyorsa
Biz	yazıyorsak	görüyorsak
Siz	yazıyorsanız	görüyorsanız
Onlar	yazıyorlarsa	görüyorlarsa

(d) 未來式肯定假設

Ben	yazacaksam	göreceksem
Sen	yazacaksan	göreceksen
O	yazacaksa	görecekse
Biz	yazacaksak	göreceksek
Siz	yazacaksanız	görecekseniz
Onlar	yazacaklarsa	göreceklerse

(e) 寬廣式肯定假設

Ben	yazarsam	görürsem
Sen	yazarsan	görürsen
O	yazarsa	görürse
Biz	yazarsak	görürsek
Siz	yazarsanız	görürseniz
Onlar	yazarlarsa	görürlerse

3. 各種時態搭配下的否定句型態變化：

我們仍以 yazmak 和 görmek 為例，看看確實過去式、傳說過去式、現在式、未來式以及寬廣式假設語氣中各種人稱單、複數否定句的變化情形：

(a) 確實過去式否定假設

Ben	yazmadıysam (yazmadımsa*)	görmediysem (görmedimse*)
Sen	yazmadıysan (yazmadınsa*)	görmediysen (görmedinse*)
O	yazmadıysa	görmediyse
Biz	yazmadıysak (yazmadıksa*)	görmediysek (görmedikse*)
Siz	yazmadıysanız (yazmadınızsa*)	görmediyseniz (görmedinizse*)
Onlar	yazmadılarsa	görmedilerse

*除了在確實過去式後先做 -sa 或 -se 的諧音變化，再加上人稱字尾之外，也可在確實過去式之後先加接人稱，再加 -sa, -se。

(b) 傳説過去式否定假設

Ben	yazmamışsam	görmemişsem
Sen	yazmamışsan	görmemişsen
O	yazmamışsa	görmemişse
Biz	yazmamışsak	görmemişsek
Siz	yazmamışsanız	görmemişseniz
Onlar	yazmamışlarsa	görmemişlerse

(c) 現在式否定假設

Ben	yazmıyorsam	görmüyorsam
Sen	yazmıyorsan	görmüyorsan
O	yazmıyorsa	görmüyorsa
Biz	yazmıyorsak	görmüyorsak
Siz	yazmıyorsanız	görmüyorsanız
Onlar	yazmıyorlarsa	görmüyorlarsa

(d) 未來式否定假設

Ben	yazmayacaksam	görmeyeceksem
Sen	yazmayacaksan	görmeyeceksen
O	yazmayacaksa	görmeyecekse
Biz	yazmayacaksak	görmeyeceksek
Siz	yazmayacaksanız	görmeyecekseniz
Onlar	yazmayacaklarsa	görmeyeceklerse

(e) 寬廣式否定假設

Ben	yazmazsam	görmezsem
Sen	yazmazsan	görmezsen
O	yazmazsa	görmezse
Biz	yazmazsak	görmezsek
Siz	yazmazsanız	görmezseniz
Onlar	yazmazlarsa	görmezlerse

II.1.2.2 名詞句的條件假設基本型態

1. 肯定句基本型態（第三人稱單數）：名詞句的假設語氣基本型態，即在名詞或形容詞後面直接加上 -sa, -se 的諧音變化即可；若該名詞或形容詞以母音結尾，則須墊上 y 後再諧音變化為 -ysa, -yse。以下我們以 hasta, güzel, zayıf, iyi, doktor, şoför, sporcu, sözcü 為例，分別看看它們第三人稱單數的假設語氣型態：

hasta	hastaysa	güzel	güzelse
zayıf	zayıfsa	iyi	iyiyse
doktor	doktorsa	şoför	şoförse
sporcu	sporcuysa	sözcü	sözcüyse

2. 搭配各種人稱的肯定句型態：下面以 iyi 和 doktor 為例，我們來看看它們在各種人稱下的假設語氣肯定句形態：

Ben	iyiysem	doktorsam
Sen	iyiysen	doktorsan
O	iyiyse	doktorsa
Biz	iyiysek	doktorsak
Siz	iyiyseniz	doktorsanız
Onlar	iyilerse	doktorlarsa

3. 搭配各種人稱的否定句型態：名詞句的假設語氣否定句，在否定詞 değil 之後加接 -se 即可。我們先以 hasta, güzel, zayıf, iyi, doktor, şoför, sporcu, sözcü 為例，看看它們的第三人稱肯定句及否定句的型態：

第三人稱肯定句	第三人稱否定句	第三人稱肯定句	第三人稱否定句
hastaysa	hasta değilse	güzelse	güzel değilse
zayıfsa	zayıf değilse	iyiyse	iyi değilse
doktorsa	doktor değilse	şoförse	şoför değilse
sporcuysa	sporcu değilse	sözcüyse	sözcü değilse

接下來以 iyi 和 doktor 為例，看看它們在各種人稱下的肯定句和否定句假設語氣形態變化情形：

	肯定句	否定句	肯定句	否定句
Ben	iyiysem	iyi değilsem	doktorsam	doktor değilsem
Sen	iyiysen	iyi değilsen	doktorsan	doktor değilsen
O	iyiyse	iyi değilse	doktorsa	doktor değilse
Biz	iyiysek	iyi değilsek	doktorsak	doktor değilsek
Siz	iyiyseniz	iyi değilseniz	doktorsanız	doktor değilseniz
Onlar	iyilerse	iyi değillerse	doktorlarsa	doktor değillerse

II.1.3 例句

以下讓我們來看看動詞句和名詞句假設語氣的例句：

1. 動詞句各種時態的客觀假設：

- Konuyu anladıysanız başka konuya geçelim.

  （如果你們已經瞭解這個主題了，我們換另一個主題吧。）

- Sınava iyi hazırlanmadıysan iyi not alamazsın.

  （如果你沒有好好準備考試，不可能拿到好分數。）

- Eğer yemeklerini yemişlerse hemen işe başlasınlar.

  （如果他們已經用完餐了，就讓他們立刻開始工作。）

- Maç bitmemişse seyredebilirsiniz.（比賽還沒結束的話，你們可以看。）

- Soruları anlamak istiyorsanız, daha dikkatli okumalısınız.

  （如果你們想了解問題的意思，必須更仔細閱讀。）

- Yolu biliyorsan misafirleri eve sen götür.

  （如果你知道路，客人就由你帶到家裡去。）

- Doktora gideceksen önceden randevu almalısın.（你若要去看醫生，必須先預約。）

- Yüzmeyeceksen niçin denize gidiyoruz?（你不游泳的話，我們何必到海邊去？）

- Bir daha yalan söylersen seni affetmem.（你若再說一次謊，我就不原諒你。）

- Paran yetmezse borç verebilirim.（你的錢不夠的話，我可以借你。）

2. 名詞句的客觀假設：

- Hava soğuksa bebeğin üstüne bir şeyler daha giydirmelisin.

  （天氣冷的話，你應該幫寶寶再多穿些衣服。）

- Çiçek güzelse bir demet anneme almak isterim.

  （花漂亮的話，我想買一束送給我媽。）

- Zamanın varsa konuşabilir miyiz?（你有空的話，我們可以談一談嗎？）

- Bu gömlek çok güzel ve rahatmış. Daha varsa birkaç tane daha almak isterim.

  （這件襯衫很漂亮又舒服。如果還有的話，我想再買幾件。）

- Eğer araba satılık değilse reklamını yapma.（如果這輛車不是要賣的，請別做廣告。）

- Eğer tavırları pek dürüst değilse fazla konuşma.

  （如果他們的態度不太誠實，你就別多説。）

- Paraları yoksa neden hep pahalı şeyler almak istiyorlar?

  （若他們沒錢的話，為何總想買些貴的東西？）

- Maalesef şu anda kalmadı. Aceleniz yoksa bir hafta içinde başka şubemizden getirtebiliriz.

  （很可惜目前已經賣完了。若您不急的話，我們一個禮拜以內可以從別的分店調貨過來。）

II.2 連接詞 ne... ne...

連接詞組 ne... ne... 可連接兩個以上的否定句，傳達「既非……亦非……」的語意。但這些否定句必須有相同的主詞、相同的述詞或相同的補語。

由於 ne... ne... 連接詞組已傳達否定意味，所以使用 ne... ne... 連接的句子，需使用肯定的述詞。例如：Ben Fransızca bilmiyorum. Ben Almanca bilmiyorum. 這兩個否定句若透過 ne... ne... 連接，便須寫成 "Ben ne Fransızca ne Almanca biliyorum." （我既不懂法文，也不會德文。）Çocuğun okuması yok. Çocuğun yazması da yok. 也可透過 ne... ne... 寫成 "Çocuğun ne okuması ne yazması var." （那孩子既不會讀也不會寫；不識字。）

當這些句子共用同一個述詞時，也可將述詞放在第二個 ne 連接詞前，意思不變。例如上一句亦可寫成 "Çocuğun ne okuması var ne de yazması."

此外，我們也可以將連接詞 de 加在最後一個 ne 的後面，使成為 "ne de" 的型態；例如：Ne kahve ne çay ne de bira içmek istiyorum.（不管是咖啡、茶或啤酒，我都不想喝。）

下面透過一些例句來讓大家了解此連接詞組的應用情形：

- Genç adam çok zor durumdaydı; ne parası ne şansı vardı.

   （年輕人當時處境困難。既沒錢也沒運氣。）〔同為句中主詞〕

- Ne elma seviyorum ne de armut. Bence en güzel meyve kiraz.

   （我既不喜歡蘋果也不喜歡梨。我覺得最棒的是櫻桃。）〔皆為句中受詞〕

- Ne sen sor ne ben söyleyeyim.（你別問，也別叫我說。）〔皆為句中述詞〕

- Hafta sonu ne sinemaya ne de konsere gittim. Bütün gün evde oturdum.

   （週末我既沒去看電影也沒去聽音樂會。我整天都坐在家裡。）〔皆為句中補語〕

III.1 填充題

請選擇合適的詞語完成句子。

olursam / yatarsam / almazsan / beslenirse / yemediysen
bittiyse / gelecekseniz / çalışırsa / meşgulseniz / bırakırsan

1 Şemsiyeni _____ ıslanırsın.

2 Film _____ televizyonu kapat.

3 Şu an _____ sonra tekrar ararım.

4 Zengin _____ dünyayı gezerim.

5 Yemek _____ birlikte yemeğe çıkalım.

6 Ali derslerine iyice _____ başarılı olur.

7 İnsan devamlı düzensiz _____ hasta olur.

8 Erken _____ sabah daha kolay kalkarım.

9 Eğer sigarayı _____ daha sağlıklı olursun.

10 Partiye siz de _____ biraz acele etmelisiniz.

III.2 配合、填充題

請由右欄選出合適的字根，加上假設語氣及人稱字尾以後，填入適當的空格。

1 Siz _____ durup dinlenelim.　　　　　A. dolaş-

2 Hasta _____ doktora gitmelisiniz.　　B. yorul-

3 İyi bir iş _____ hemen evlenirim.　　C. git-

4 Bana _____ internete bakabilirsin.　　D. konuşma-

5 Evde _____ seni ziyaret etmek istiyorum.　E. inanma-

6 Yarın konsere _____ bugün bilet almalıyız.　F. yazma-

7 Sana mektup _____ sen de ona yazma.　　G. bul-

⑧ Benimle açıkça _____ sana yardımcı olamam. H. -yse-

⑨ Soğuk havada paltosuz _____ hastalanırsın. I. -ysa-

⑩ Bilgisayarın bozuk_____ ödevlerini benim J. -sa-
bilgisayarımla yazabilirsin.

III.3 造句

請利用下列詞語寫出完整的句子。（請注意標點符號與大小寫字母的使用）

例如：telefon açıyor / eve geliyor / Bir daha / ne / ne de

    → *Bir daha ne eve geliyor ne de telefon açıyor.*

❶ deniz kenarına / ne de / ne ormana / Tatil için / gidiyor

_____

❷ ne su içiyor / çok hasta / Ne yemek yiyor / Ali'nin dedesi

_____

❸ ders çalıştım / ne de / ne kitap okudum / Bugün

_____

❹ var / Hiç okula / ne de yazması / ne okuması / gitmemiş.

_____

❺ çok lezzetsiz, / ne de tuzlu / Yemek / ne tatlı

_____

❻ ne Amerikalı / ne de / ama çok güzel / O kız / İngilizce konuşuyor / İngiliz

_____

❼ orta kilolu / ne şişman / ne zayıf, / bir adam / Ağabeyim

_____

❽ uslu duruyor / çok yaramaz / Ne söz dinliyor / Oğlum / ne de

_____

⑨ Ne birisiyle / ne de / bilgi veriyor. / ailesi hakkında / konuşuyor

_____

⑩ ne Çinceye benziyor / Korece olabilir. / Bu yazı / ne de Japoncaya.

_____

III.4 句子改寫

請將下列句子第一句改為假設語氣再與第二句合併成一句，並翻譯成中文。

例如：Her sabah erken kalkıyorsun. Okula neden geç kalıyorsun?

→ Her sabah erken _kalkıyorsan_ neden okula geç kalıyorsun?

如果你每天早上都早起為什麼上學會遲到？

❶ Tatile çıkıyorsunuz. Yanınıza iyi bir fotoğraf makinesi alın.

Tatile

_____

❷ Geç yatarım. Geç kalkarım.

Geç

_____

❸ Zil çalmadı. Biraz daha oynayabiliriz.

Zil

_____

❹ Yıl içinde derslere çok çalışmayacaksınız. Boşuna okula gitmeyin.

Yıl içinde

_____

❺ Paran gelmiş. Bankaya gidip çek.

Paran

_____

6 Her akşam buradan geçiyor. Bu akşam da geçer.

Her akşam _____

_____

7 Korku filmi seyredersin. Kâbus görebilirsin.

Korku filmi _____

_____

8 Öğretmen bugün ödev vermeyecek. Biz film seyredeceğiz.

Öğretmen _____

_____

9 Ahmet kitabı okumuş. Bana getirsin.

Ahmet _____

_____

10 Beni daha önce hiç görmedi. Tanıyamaz.

Beni _____

_____

acele	名	緊急
acele etmek	動片	急忙；趕緊
Almanca	名	德語、德文
canım	名	親愛的、心肝寶貝
dikkatli	形	注意的、留心的
düşürmek	動	使落下
eğer	連	如果；假如
Fransızca	名	法語、法文
geçmek	動	（-e）前往
hele	連	特別是、尤其是；首先
kahraman	名	（戲劇）主角
nasihat, -ti	名	忠告；勸告
nasihat vermek	動片	給予忠告；勸告
not, -tu	名	成績、分數
not almak	動片	取得成績
öncelikle	副	首先；優先地
randevu	名	約定；約會
randevu almak	動片	（-den）預約見面
reklam	名	廣告
reklam yapmak	動片	做廣告、宣傳
satılık	形	待販售、出售的
sözcü	名	發言人
şans	名	幸運、運氣、好運
şube	名	分行、分店、分部
tek başına	副	單獨地、獨自地
zengin	形	富裕的、富有的

Ders 10 SIHHATLER OLSUN!

第十課 祝身體健康！

本課學習目標

1. 使役動詞

2. 構詞詞綴 -lık, -lik, -luk, -lük

Sıhhatler Olsun! 祝身體健康！

Dilek:	Nur Hanım, bildiğiniz iyi bir kuaför var mı?	Nur 女士，您有熟知的理髮廳嗎？

Dilek: Nur Hanım, bildiğiniz iyi bir kuaför var mı?

Nur 女士，您有熟知的理髮廳嗎？

Nur: Benim gittiğim bir kuaför var. Aynı zamanda güzellik salonu. Ben memnunum. İsterseniz sizi oraya götürebilirim.

我有一家常去的理髮廳，同時也是美容院。我覺得很滿意。您要的話我可以帶您過去。

Dilek: Gerçekten mi? İyi olur, Nur Hanım. Saçlarımı kestireceğim ve boyatacağım. Her zaman gittiğim kuaför iyi yapamıyor.

真的嗎？那太好了，Nur 女士。我想要剪髮和染髮。我常去的那家髮廊手藝不佳。

Nur: Tamam, merak etmeyin. Benim kuaförüm iyidir. İstediğiniz gibi yapar. Ne zaman gidelim?

好，別擔心。我那一家很好。可以達到您的要求。我們什麼時候過去？

Dilek:	Yarın işiniz yoksa öğleden sonra olur mu?	明天您沒事的話下午可以嗎？
Nur:	Tabii olur. İşim yok. Gideriz.	當然可以。我沒事，我們一起去。
	(Kuaförde)	（*理髮廳內*）
Kuaför:	Hoş geldiniz efendim. Buyurun oturun.	歡迎您。請坐。
Dilek:	Teşekkür ederim.	謝謝。
Kuaför:	Nasıl yardımcı olabilirim?	我可以怎樣效勞？
Dilek:	Saçlarımı biraz kısaltmak istiyorum. Çok kısa değil sadece ucundan 5 cm kadar alın. Sonra da boyatmak istiyorum. Açık kahverengi.	我想把頭髮稍微剪短一點。不要太短，請您只從髮梢剪掉 5 公分。之後我想染髮，淺咖啡色。
Kuaför:	Tabii efendim. Peki, saçlarınıza bakım yaptırmak ister misiniz?	好的。那您想要護髮嗎？
Dilek:	Hayır, bugünlük sadece bu kadar, çünkü fazla zamanımız yok. Gelecek sefer olur.	不，今天這樣就好了，因為我們沒有太多時間。下次就可以。
Kuaför:	Tabii efendim nasıl isterseniz. O zaman önce saçlarınızı yıkayalım. Buyurun şöyle geçin.	當然，隨您吩咐。那麼我們先幫您洗頭。請往這邊走。

* Sıhhatler olsun. 為土耳其人在見到他人沐浴、洗髮（包括更換新髮型）、修容之後的祝福語。因此，美髮師也會對顧客說一句 Sıhhatler olsun. 表達祝福。

II.1 使役動詞

II.1.1 意義

在第三課、第七課以及第八課我們已經分別學過相互語態、被動語態以及反身動詞；本課我們所要學習的使役動詞 (Ettirgen Fiiller) 亦屬於語態動詞（在動詞字根後加上表達語態的字尾）。使役動詞的基本意義是「使（某人、某事或某物）……」；由於它可以加在不及物動詞之後，也可以加在及物動詞之後，因此可以再細分為「使成動詞」以及「使役動詞」兩種：

「使成動詞」(Oldurgan Fiiller)：不及物動詞字根後加上使役型態所衍生的及物動詞。其特色在於雖然及物，但不會涉及第三者。例如："Çocukları çok güldürdün."（你逗得孩子們發笑）；僅受詞（孩子們）受到動作影響。

「使役動詞」（Ettirgen Fiiller）：及物動詞字根後加上使役型態而衍生的另一個及物動詞。這種動詞會牽涉到第三者。例如："Öğretmen öğrencilere müzik dinletti."（「老師放音樂給學生們聽。」；受到動作影響的包括受詞（音樂）和補語（學生們））

「使役動詞」，基本上可以表達如下語意：

1. 命令、要求；Ev sahibi hizmetçisine kahve yaptırdı.（屋主要求他的僕人泡了咖啡。）
2. 原因、理由；Komik davranışları bizi çok eğlendirdi.（他滑稽的舉止逗得我們很開心。）
3. 協助；Misafirleri salonda oturttuk.（我們引導賓客們在大廳就座。）
4. 准許；Görevli kimseye sigara içirmedi.（工作人員不讓任何人抽菸。）

● **小提醒**

(1) 使役動詞只表明主詞和動詞、受詞間存在的「間接驅使」關係，而不問方法；例如 yedirmek（使（某人）吃）這個動作可能是「餵食」，可能是「煮東西給某人吃」或是「買東西給某人吃」，也可能是「逼某人吃東西」。

(2) 採用及物動詞還是使役動詞的關鍵在於「動作是不是主詞自己做的」；動作若假他人之手完成，需使用使役動詞。例如："Ablam saçlarını boyadı."（我姊姊「自己動手」染了頭髮。）和 "Ablam kuaföre saçlarını boyattı."（我姊姊讓髮型設計師幫她染了頭髮。）; "Bizim için fotoğraf çekebilir misiniz?"（您可以為我們拍張照片嗎？）和 "Fotoğraf çektirdik."（我們叫人幫我們拍了照片。）。

II.1.2 型態

使役動詞的型態包括 -t-; -ıt-, -it-, -ut-, -üt-; -ar-, -er-, -ır-, -ir-, -ur-, -ür-; 以及 -dır-, -dir-, -dur-, -dür-, -tır-, -tir-, -tur-, -tür- 數種。

1. 動詞字根後加上子音 -t-：

通常 (1) 母音結束的動詞，(2) 形容詞加 -al, -el 衍生的動詞，或 (3) 子音 r 結尾的動詞字根，會以此型態衍生出使役動詞。例如：oku-mak（讀、唸；唱）> oku-t-mak（使讀、使唸；使唱；教），bekle-mek（等待；期待）> bekle-t-mek（使等待；延遲），büyü-mek（長大）> büyü-t-mek（養大）；azal-mak（變少、減少）> azal-t-mak（使減少），düzel-mek（改善、變好）> düzel-t-mek（整頓；校正）；otur-mak（坐下、居住）> otur-t-mak（使坐下；使住下），çevir-mek（翻譯）> çevir-t-mek（使翻譯）等。

2. 動詞字根後加上 -ıt-, -it-, -ut-, -üt-：

通常 (1) 以子音 k 結尾的動詞，或 (2) 以子音 rk 結尾的動詞，會以此型態衍生使役動詞。例如：kork-mak（害怕、恐懼）> kork-ut-mak（使害怕；威脅），ürk-mek（驚嚇、嚇壞）> ürk-üt-mek（使驚嚇），ak-mak（流動）> ak-ıt-mak（使流出、流動）等。

3. 動詞字根後加上 -ar-, -er-, -ır-, -ir-, -ur-, -ür-：

通常為單音節動詞字根。例如：çık-mak（出來）> çık-ar-mak（使出來），kaç-mak（逃跑）> kaç-ır-mak（使逃跑），piş-mek（熟）> piş-ir-mek（烹煮、煮熟），duy-mak（聽到）> duy-ur-mak（使聽到；通知），düş-mek（落下、墜落）> düş-ür-mek（使落下）等。

4. 動詞字根後加上 -dır-, -dir-, -dur-, -dür-, -tır-, -tir-, -tur-, -tür-：

通常為多音節（2 個以上音節）動詞字根。例如：inan-mak（相信）> inan-dır-mak（使相信），sevin-mek（愉悅、高興）> sevin-dir-mek（使開心、取悅），bulun-mak（存在）> bulun-dur-mak（使存在），çalış-mak（努力；工作）> çalış-tır-mak（使努力；使工作），iyileş-mek（變好；痊癒）> iyileş-tir-mek（改善；治癒），konuş-mak（交談）> konuş-tur-mak（使交談），görüş-mek（會面、會晤）> görüş-tür-mek（使會晤）等。

● 小提醒

不過，也有像 "bak-mak（看；照顧）> bak-tır-mak（使看；使照顧）"，"gez-mek（遊覽）> gez-dir-mek（導覽）"，"gül-mek（笑）> gül-dür-mek（使笑；逗笑）"，"koş-mak（跑；奔波）> koş-tur-mak（使跑；使奔波）" 等單音節動詞字根亦採取 -dır-, -dir-, -dur-, -dür-, -tır-, -tir-, -tur-, -tür- 型態衍生。由此可見，單音節動詞字根的衍生規則並不嚴格，通常依習慣決定。

II.1.3 例句

由於使役動詞可以細分為從不及物動詞衍生的「使成動詞」和及物動詞衍生的「使役動詞」兩種，在句型上加接的「格」也有所不同；以下讓我們分別看看應用使役動詞的兩種情況：

1. 「使成動詞」（原本為不及物動詞，藉由使役型態轉為及物動詞），直接受到動作影響的對象需加接「受格」：

Biz çok güldük.（我們笑得很開心。）Palyaço bizi çok güldürdü.（小丑逗我們笑得很開心。）〔gülmek 是不及物動詞，藉由 -dür- 型態轉為及物動詞，此時，直接受到影響的對象（biz）為句中受詞，需加上受格而成為 bizi。〕

Turistler otobüse bindi.（旅客們搭乘遊覽車。）Rehber turistleri otobüse bindirdi.

（導遊引導旅客們搭乘遊覽車。）〔binmek 是不及物動詞，藉由 -dir- 型態轉為及物動詞，直接受到影響的對象（turistler）為句中受詞，故加上受格而成為 turistleri。〕

Saçlarımı biraz kısaltmak istiyorum.（我想要讓頭髮變短一點。）〔kısalmak 為不及物動詞，藉由 -t- 型態轉成及物動詞，直接受影響的對象（saçlarım）為句中受詞，需加上受格而變成 saçlarımı。〕

Çiçekleri lütfen koparmayın.（請勿摘花。）〔kopmak 是不及物動詞，藉由 -ar- 型態轉為及物動詞，直接受到影響的對象（çiçekler）為句中受詞，故加上受格而成為 çiçekleri。〕

2. 「使役動詞」（原本已是及物動詞，藉由使役型態轉為再及物語意），實際直接執行動作的動作者會加上「到格」，原本直接受到動作影響的人、事、物不變，仍是「受格」：

Kompozisyonu öğrenciler yazdı.（作文是學生們寫的。）Öğretmen kompozisyonu öğrencilere yazdırdı.（作文是老師要學生們寫的。）〔yazmak 原本就是及物動詞，藉由加接 -dır- 而成為再及物動詞；無論是原本的主動動詞句或是使役動詞句，都是及物動詞概念，直接受動作影響的均為 kompozisyon（受詞），而使役動詞中真正從事 yazmak 動作的動作者是 öğrenciler（句中的補語），故需加上到格而成為 öğrencilere〕

Gazeteleri okuyorum.（我看報。）Dedem gazeteleri bana okutuyor.（爺爺讓我讀報給他聽。）〔實際做 okumak 動作的是 ben；因 okumak 本身為及物動詞，故使役句型增加的補語加上到格（bana）〕

Saçlarımı kuaföre kestireceğim ve boyatacağım.（我將找設計師幫我理髮及染髮。）〔kesmek 和 boyamak 動作者為 kuaför；因兩個動詞均已是及物動詞，故使役句型增加的補語加上到格（kuaföre）〕

İlgili durumu anladık.（我們了解相關情形了。）İlgili durumu arkadaşım bize anlattı.（我的朋友把相關情形解說給我們聽了。）〔實際做 anlamak 動作的是 biz；因 anlamak 本身為及物動詞，故使役句型增加的補語加上到格（bize）〕

II.2 構詞詞綴 -lık, -lik, -luk, -lük

我們曾經學過在名詞後面加接 -lı, -li, -lu, -lü 詞綴以衍生「有……的」形容詞，以及加接 -sız, -siz, -suz, -süz 詞綴衍生「沒有……的」形容詞的用法。而這裡我們要學習的 -lık, -lik, -luk, -lük 也是一個常用的構詞詞綴，它通常加接在形容詞之後，形成相關意義的名詞；有時也可加接在名詞之後而衍生出形容詞或名詞。

-lık, -lik, -luk, -lük 通常用來表達以下的意思：

1. 表示相關地點、場所：如 orman（森林）> ormanlık（森林區），çöp（垃圾）> çöplük（垃圾場），yaz（夏季）> yazlık（避暑別墅），büyükelçi（大使）> büyükelçilik（大使館）等。

2. 表示相關的職務：如 öğretmen（老師）> öğretmenlik（老師的工作、職務），doktor（醫師）> doktorluk（醫師的工作），garson（服務生）> garsonluk（服務生的工作）等。

3. 衍生出抽象名詞：如 iyi（好的）> iyilik（好事；善行），arkadaş（朋友）> arkadaşlık（友誼），genç（年輕的）> gençlik（青年時期），çocuk（孩童）> çocukluk（童年），özel（特別的、獨特的）> özellik（特質），büyük（大的；偉大的）> büyüklük（大小、面積；偉大），düşman（敵人）> düşmanlık（敵意、敵對、仇恨）等。

4. 表示相關的器具：如 göz（眼睛）> gözlük（眼鏡），tuz（鹽）> tuzluk（鹽罐），diz（膝）> dizlik（護膝），kitap（書）> kitaplık（書架；書櫃；書房），söz（話語；詞彙）> sözlük（詞典）等。

5. 衍生與衣著有關的名詞：如 yağmur（雨）> yağmurluk（雨具；雨衣），gelin（新娘）> gelinlik（新娘禮服），rüzgâr（風）> rüzgârlık（風衣）等。

6. 衍生相關形容詞：如 hediye（禮物）> hediyelik (eşya)（做為禮物的（用品）），kahvaltı（早餐）> kahvaltılık (malzemeler)（做為早餐的（材料）），gün（日子）> günlük (süt)（當天的（牛奶）；鮮奶）等。

以下我們來看看使用這些詞彙的例句：

• Acaba bana tuzluğu uzatır mısınız?（您可以把鹽罐遞給我嗎？）

- Annem sekiz günlük geziye katılacak.（我媽媽將要參加為期八天的旅行。）

- Nedense içimde bir huzursuzluk var.（我心裡有種莫名的不安。）

- Bence dünyanın en zor işi, annelik babalıktır.
  （我覺得世界上最困難的工作就是為人父母。）

- Bugünlük bu kadar. Haftaya devam edelim.（今天就到此為止。我們下週再繼續。）

- İyilik eden iyilik bulur.（土耳其格言：善有善報。）

- Gençliğin kıymeti ihtiyarlıkta bilinir.（土耳其格言：人在年老時才會懂得青春的珍貴。）

III.1 配合題

請選擇合適的述詞完成以下句子。

( )　❶ Bu fıkra herkesi   a. uyuturum.

( )　❷ Annem beni her sabah saat yedide   b. kızdırdı.

( )　❸ Çocuk çorbayı yere dökerek annesini   c. düşürmüşsün.

( )　❹ Masal anlatarak çocuğumu   d. büyüttü.

( )　❺ Sen gene cüzdanını takside   e. güldürdü.

( )　❻ Yaşlı adam çok hasta; köpeğini   f. ağlattı.

( )　❼ Çocuğun alerjisi var. Ona sakın çikolata   g. pişireceğim.

( )　❽ Film çok duygusaldı. Hepimizi   h. gezdiremedi.

( )　❾ Annemin doğum gününde ona yemek   i. uyandırıyor.

( )　❿ Henüz bebekken annesi öldü. Onu babası   j. yedirme.

III.2 填充題

III.2.1

請填入正確的詞綴。

❶ Masada tuz_____ ve şeker_____ yok.

❷ Şimdi_____ hoşça kal. Sonra görüşürüz.

❸ Öğretmen_____ çok kutsal bir meslektir.

❹ Bana iki on_____ verir misin?

❺ Genç_____ yıllarımı çok iyi hatırlıyorum.

❻ Bu sene dünya güzel_____ yarışması Tayvan'da yapılacak.

❼ Evime yeni bir kitap_____ yaptıracağım.

❽ Arkadaş_____, dost_____ gibi kavramlar çok önemlidir.

⑨ Burası orman_____ bir bölgedir.

⑩ Yabancı bir dil öğrenirken yanında mutlaka bir söz_____ bulunmalı.

III.2.2

請填入適當的詞語以完成下列句子。

例如：Öğrenciler kompozisyon yazıyor. → Öğretmen öğrencilere kompozisyon *yazdırıyor.*

Çocuklar otobüse bindi. → Öğretmen çocukları otobüse *bindirdi.*

❶ Eşim marketten süt ve yumurta alacak.

Ben eşim_____ marketten süt ve yumurta _____.

❷ Dişçi dişimi çekti.

Ben dişçi_____ dişimi _____.

❸ Ahmet ders çalışıyor.

Ali, Ahmet'_____ ders _____.

❹ Hasta ilaç içecek.

Hemşire hasta_____ ilaç _____.

❺ Boyacı duvarı boydan boya boyadı.

Babam boyacı_____ duvarı boydan boya _____.

❻ Müdür raporları imzaladı.

Sekreter raporları bitirdikten sonra müdür_____ _____.

❼ Babamın arabasında sigara içmeyiz.

Babam, biz_____ arabasında sigara _____.

❽ Hasta bir hafta içinde iyileşti.

Doktor hasta_____ bir hafta içinde _____.

⑨ Eteğin boyu kısaldı.

Terzi eteğin boyu_____ _____.

⑩ Yaşlı kadın oğlu için çok ağlıyor.

Oğlu, yaşlı kadın_____ çok _____.

III.3 造句

請根據提示寫出完整的句子。（請注意使役動詞以及格的使用）

例如：Kuaför Canan'ın saçlarına bakım yaptı.

→ Canan *kuaföre saçlarına bakım yaptırdı*.

❶ Terzi Ayşe'nin parti için elbisesini dikecek.

Ayşe _____.

❷ Çocuk bayramda yeni ayakkabılarını giydi.

Deniz Hanım, _____.

❸ Arabam bozuldu, tamirci onu tamir etti.

Arabam bozuldu, ben _____.

❹ Hırsız zavallı adamın tüm emekli maaşını çalmış.

Zavallı adam, _____.

❺ Biz derste Türkçe şarkı söylüyoruz.

Öğretmenimiz _____.

❻ Ben kapıda iki saat bekledim.

Sen _____.

❼ Bu hafta sonu evimizi temizleyeceğim.

Annem _____.

❽ Ders biter bitmez öğrenciler sınıftan çıktı.

Ders biter bitmez öğretmen _____.

9 Her sabah dedeme gazete okuyorum.

Dedem _____ .

10 Sınavda Türkçeden Çinceye on cümle çevirdik.

Öğretmen _____ .

MP3-23

akıtmak	動	使……流出、流動
akmak	動	流動
annelik	名	母職、身為母親
arkadaşlık	名	友誼
babalık	名	父職、身為父親
bakmak	動	照顧；維護
baktırmak	動	使……看；使……照顧
bekletmek	動	使……等待；延遲
boyatmak	動	使塗、使染（色）
bugünlük	副	今天的量；對今天而言
bulundurmak	動	使……存在
büyükelçi	名	大使
büyükelçilik	名	大使館；大使職位
büyütmek	動	養大
çalıştırmak	動	使……努力；使……工作
çevirmek	動	翻譯
çevirtmek	動	使……翻譯
çıkarmak	動	使……出來
çocukluk	名	童年
çöplük	名	垃圾桶；垃圾場
davranış	名	行為；舉止
devam	名	繼續、持續
devam etmek	動片	繼續、持續
diz	名	膝蓋
dizlik	名	護膝

doktorluk	名	醫生職位／業
duyurmak	動	使……聽到；通知
düşman	名	敵人
düşmanlık	名	敵意、敵對、仇恨
düzeltmek	動	整頓；校正
garsonluk	名	侍者職位／業
gelin	名	新娘
gelinlik	名	新娘禮服
gençlik	名	青年時期
gezdirmek	動	導覽
görevli	名	工作人員
görüştürmek	動	使……會晤
götürmek	動	帶去；護送
günlük	形	當天的；……天的
hediyelik	形	做為禮物的
hizmetçi	名	僕人
huzursuzluk	名	不安；緊張、焦慮
ihtiyarlık	名	老年；老態
inandırmak	動	使……相信
kaçırmak	動	綁架、誘拐；錯過
kahvaltılık	形	做為早餐的
kahverengi, -yi	名	咖啡、棕褐色
kestirmek	動	使……剪；使……切
kısaltmak	動	使……變短
kompozisyon	名	作文

konuşturmak	動	使……交談
koparmak	動	摘、採
korkutmak	動	使……害怕；威脅
koşturmak	動	使……跑；使……奔波
malzeme	名	材料
okutmak	動	使……讀；教導
ormanlık	名	森林、多林地帶
oturtmak	動	使坐下；使住下
öğretmenlik	名	教師一職
palyaço	名	小丑
pişirmek	動	烹煮
rüzgâr	名	風
rüzgârlık	名	風衣
salon	名	大廳、客廳；沙龍
sefer	名	次、趟
sevindirmek	動	使……開心；取悅
şöyle	副	這樣地
tuzluk	名	鹽罐、鹽瓶
uzatmak	動	使……延伸；遞（給）
ürkmek	動	驚嚇、嚇壞
ürkütmek	動	使……驚嚇
yağmurluk	名	雨具；雨衣
yaptırmak	動	使……做、使……造
yazdırmak	動	使……寫

Ders 11 KOLAY GELSİN!
第十一課　祝工作順利！

本課學習目標

1. 命令式的間接陳述
2. 動副詞 -(y)ıp, -(y)ip, -(y)up, -(y)üp

Kolay Gelsin! 祝工作順利！

Sekreter:	Müdür Bey, istediğiniz başka bir şey var mı?	祕書：經理，您還有其他吩咐嗎？
Müdür:	Evet. Birazdan çıkacağım. Belediyede toplantım var. Sen Ali Bey'i ara, yarın sabah saat 10.00'da odama gelsin.	經理：是的。我再過一會兒要外出。我在市政府有個會。你打給 Ali 先生，讓他明天早上十點到我辦公室來。
Sekreter:	Tabii efendim.	祕書：當然，先生。

Müdür:	Ayrıca Selin Hanım'a söyle, kitabevini arasın ve kitapların ne zaman geleceğini sorsun. Sonra da beni arasın ve bana bilgi versin. Bir de Nur Hanım'ı ara, yarın öğleden sonra toplantı var, unutmasın.	經理：另外跟 Selin 女士説，讓她打給出版社，問書什麼時候會到。然後請她回電，告訴我結果。你還要打給 Nur 女士，提醒她別忘記明天下午有個會議。
Sekreter:	Tamam efendim.	祕書：好的。
Müdür:	Bir dakika, daha bitmedi. Eşimi de ara. Bu akşam eve geç döneceğim. Beni yemeğe beklemesin. Hepsi bu kadar, çıkabilirsin.	經理：再等一下，還沒完。你再打給我太太，今晚我會晚回家。叫她別等我吃飯。就這些了，你可以離開了。
	(telefon görüşmeleri)	（電話中）
Sekreter:	Merhaba Ali Bey, müdürüm yarın sabah saat 10.00'da odasında olmanızı istiyor.	祕書：Ali 先生您好，我們經理希望您明天早上十點能到他辦公室來。
Sekreter:	Selin Hanım, müdür bey kitabevini aramanızı ve kitapların ne zaman geleceğini sormanızı istedi. Sonra da kendisini arayıp bilgi vermenizi söyledi.	祕書：Selin 女士，經理説要您打電話給出版社詢問書何時會到。然後請您回電告訴他。
Sekreter:	Nur Hanım, merhaba, nasılsınız? Nur Hanım, müdürüm size hatırlatmamı istedi. Yarın toplantımız var. Öğleden sonra. Müdür bey unutmamanızı söyledi. Tamam, bekliyoruz.	秘書：Nur 女士您好。Nur 女士，我們經理要我提醒您。明天我們要開會，下午。我們經理説您可別忘了。好的，我們等您過來。
Sekreter:	Berrin Hanım, iyi günler. Müdürüm akşam eve geç geleceğini ve onu yemeğe beklememenizi söyledi.	祕書：Berrin 女士，日安。經理説他晚上會晚回家，請您別等他吃飯。

II.1 命令式的間接陳述

II.1.1 直接陳述與間接陳述的意義

此處的直接陳述，指的是「敘述者原原本本地直接引用原說話者的詞句」，而間接陳述則是「敘述者根據自身與原說話者間的關係來間接表述其文詞」。

直接陳述會用引號（" "）標示出說話者的原始文句，於是直接陳述呈現出「句中有句」的型態。例如：Öğretmen öğrencilere "Siz ders kitaplarınızı açın." dedi.（老師對學生們說道：「大家請翻開課本。」）〔引號（" "）外面的是主要子句（Öğretmen öğrencilere ... dedi.）引號（" "）裡面的句子則是主要子句的主詞所說的內容（Siz ders kitaplarınızı açın.）〕

土耳其文將直接陳述轉換為間接陳述時，會將原本引號內的句子轉為詞組，這個詞組再來做為主要子句的受詞。為了讓大家更了解引號內的句子如何轉換為詞組，我們用幾個例句來加以說明：

1. （直）Öğretmen öğrencilere "Siz ders kitaplarınızı açın." dedi.

   （老師對學生們說道：「大家請翻開課本」。）

   （間）Öğretmen öğrencilere onların ders kitaplarını açmalarını söyledi.

   （老師說了要學生們翻開他們的課本。）

   說明：原本直接陳述句引號內的主詞 siz，在間接陳述句中（對敘述者而言）轉為 onlar，而為了將句子轉換為詞組，onlar 加上「人稱所有格」（onların），引號內的述詞 açmak 則轉為動名詞 açma，再加上相對應的「人稱所屬格」（açmaları）完成詞組的型態。由於間接陳述句的述詞 söylemek 為及物動詞，因此，詞組的最後還需加接「受格」。

2. （直）Arkadaşım bana "Güzel bir şarkı söyle." dedi.

   （我的朋友對我說道：「請你唱首好聽的歌。」）

   （間）Arkadaşım benden güzel bir şarkı söylememi rica etti.

   （我的朋友請我唱首好聽的歌。）

說明：原本直接陳述句引號內的主詞 sen，在間接陳述句中（對敘述者而言）轉為 ben；仍然是在 ben 之後加上「人稱所有格」，而使得對應的動名詞加上「人稱所屬格」後成為 söylemem，完成了詞組。由於 rica etmek 為及物動詞，故詞組後需再加接受格。此外，rica etmek 這個動詞的補語部分需加接「從格」，故直接陳述句中的 bana 需改為 benden。

3. （直）Ben kız kardeşime "İzinsizce odama girme. Kendi odana geç." diyeceğim.

（我將要對我妹說：「沒經我允許別進我房間。到你自己房間去。」）

（間）Ben kız kardeşimden izinsiz odama girmemesini ve kendi odasına geçmesini isteyeceğim.

（我將要求我妹不經我允許別進我房間，以及到她自己房間去。）

說明：原本直接陳述句引號內的主詞 sen，在間接陳述句中（對敘述者而言）轉為 kız kardeşim（是第三人稱的名詞），因此需加上「第三人稱所有格」（此處省略），此處要留意的是第一個述詞是否定的，因而加上相對應的「人稱所屬格」後寫成 girmemesi（先是否定的 -me-、再來才是動名詞的 -me-）完成了第一個詞組，第二個詞組則是 geçmesi。它們都必須再加接受格，才能在間接陳述句中成為及物動詞 istemek（想要、要求）的受詞。istemek 的補語也是加接「從格」的，所以原本的 kız kardeşime 也要改寫成 kız kardeşimden。

● 小提醒

1. 命令式直接陳述句轉換為間接陳述句時，可以透過 söylemek（告訴、訴說）、rica etmek（拜託、請求）、istemek（想要、要求）、beklemek（期盼、期待）以及 emretmek（命令）等及物動詞。

2. 根據使用動詞的不同，補語所加接的「格」也不一樣。söylemek 和 emretmek 都搭配「到格（-a, -e）」使用，istemek、rica etmek 以及 beklemek 則需與「從格（-dan, -den, -tan, -ten）」搭配。

3. 若直接陳述中引號內句子是否定句，轉換成詞組時必須先加接代表否定的 -ma-, -me-，再加接 -ma, -me 動名詞。

4. 原本直接陳述句中主要子句的述詞是什麼時態，轉換成間接陳述時的述詞也必須使用相同時態。

我們可將命令式的直接陳述轉換成間接陳述時的重點整理如下表：

	直接陳述	間接陳述
詞句結構	主要子句（引號外的句子）和附屬子句（引號內句子）	主要子句（引號外的句子）和受詞詞組
是否使用引號	是 （引號內另有獨立的命令式句子）	否 （原本引號內的命令式句子的述詞需轉為動名詞）
主要子句的述詞	(-e) demek（說道） (-e) diye emretmek （如此命令道）	(-e) söylemek（訴說）, emretmek（命令） (-den) istemek（要求）, rica etmek（請託）, beklemek（期待）
附屬子句的主詞	維持原狀	視與原本主要子句的敘述者（主詞）的關係加上「人稱所有格」
附屬子句的述詞	維持原狀	動詞字根根據諧音加上 -ma 或 -me 動名詞，再配合前面的人稱所有格加上相關的「人稱所屬格」，最後加上受格，即完成受詞詞組

II.1.2 命令式的間接陳述例句

下面讓我們來看看使用不同動詞將直接陳述轉為間接陳述的例句：

1. söylemek（告訴、訴說）：

• Doktorunuz size "Düzenli spor yapın, dengeli besleniniz." demiyor mu?

（您的醫師沒跟您說：「請您規律地運動，均衡地攝取營養。」嗎？）

- Doktorunuz size düzenli spor yapmanızı, dengeli beslenmenizi söylemiyor mu?

  （您的醫師難道沒告訴您要規律地運動，並均衡地攝取營養嗎？）

2. istemek（要求）：

- Öğretmen bana "Ayşe'ye söyle. Ödevini unutmasın." diyor.

  （老師對我說：「你告訴 Ayşe，叫她別忘了寫作業。」）

- Öğretmen benden Ayşe'ye söylememi ve Ayşe'nin ödevini unutmamasını istiyor.

  （老師要求我告訴 Ayşe，要她別忘了寫作業。）

3. rica etmek（請求）：

- Kütüphaneci bana "Lütfen öğrenci kimlik kartınızı gösterin." dedi.

  （圖書館員對我說：「請您出示您的學生證。」）

- Kütüphaneci benden öğrenci kimlik kartımı göstermemi rica etti.

  （圖書館員請求我出示我的學生證。）

4. emretmek（命令）：

- Öğretmen bize "Konuşmayın. Sessizce kompozisyonu yazın." diye emretti.

  （老師命令我們：「你們不要講話。安靜無聲地寫作文。」）

- Öğretmen bize konuşmamamızı ve sessizce kompozisyonu yazmamızı emretti.

  （老師命令我們不要講話，安靜無聲地寫作文。）

5. beklemek（期待）：

- Babası çocuğa "Ders çalışıp sınavını ver." demiş.

  （爸爸對孩子說道：「你好好用功、通過考試。」）

- Babası çocuktan ders çalışıp sınavını vermesini beklemiş.

  （爸爸期待孩子好好用功、通過考試。）

● 小提醒

1. 引號內句中的副詞 lütfen（請），僅能與命令式的句子連用；因此，當轉為間接陳述的受詞詞組時，lütfen 一詞必須取消。

2. 直接陳述中的附屬子句（引號內的句子）帶有 ben, beni, bende, benden, bana... 等型態，在轉換成間接陳述時需使用「反身代名詞 kendi」加「人稱所屬格」及原本的「格」（「到格」、「在格」、「從格」或「受格」）。例如：

- Müdür sekretere "Selin beni arasın, toplantının sonucunu bana bildirsin." dedi.

  （經理對秘書説道：「叫 Selin 打電話給我，並告知會議結果。」）

- Müdür sekreterden Selin'in kendisini aramasını, toplantının sonucunu kendisine bildirmesini istedi.

  （經理要求秘書叫 Selin 打電話給他，並告知會議結果。）

II.2 動副詞 -(y)ıp, -(y)ip, -(y)up, -(y)üp

II.2.1 意義

動副詞是具有副詞功能的一種動詞形式。通常具有如下特點：

(1)絕大多數不具備時態意義。

例如：gülerek gelmek（笑著來到），çıkarırken düşürmek（取出時弄掉）

(2)可以用於否定或被動語態。

例如：istemeyerek yapmak（不情願地做事），ders çalışmayıp sınıfta kalmak（不用功而被當），sayılıp sevilmek（受到敬愛）

(3)有些動副詞具有連接詞的功能，連接附屬子句和主要子句。

例如：Oturup sıcak bir şey içelim!（讓我們坐下來喝點熱的東西！）

-(y)ıp, -(y)ip, -(y)up, -(y)üp 是具有連接效果的動副詞。使用 -(y)ıp, -(y)ip, -(y)up, -(y)üp 動副詞連接附屬子句和主要子句時，需符合以下條件：

1. 主詞和時態方面，附屬子句和主要子句在主詞及動詞的時態上必須一致。

例如：

- Evden çıktım ve otobüse bindim. > Evden çıkıp otobüse bindim.

  （我出門搭了公車。）〔主詞相同，兩個動詞的時態相同〕

2. 附屬子句的動詞和主要子句的動詞在肯定、否定上也是一致的。

例如：

- Zamanında kalkamadım, derse yetişemedim. > Zamanında kalkıp derse
yetişemedim.
（我沒能準時起床也沒能趕上上課。）〔附屬子句和主要子句的動詞都是否定的〕

此外，-(y)ıp, -(y)ip, -(y)up, -(y)üp 前的動作通常先發生，之後才發生主要子句動詞的動作。藉由 -(y)ıp, -(y)ip, -(y)up, -(y)üp 動副詞代替連接詞時，顯得更簡潔有力，而可以用來表達接續發生的動作。例如：Mektubu postaya atacaksın ve döneceksin. > Mektubu postaya atıp döneceksin.（你把信寄了馬上回來。）

● 小提醒

1. 由於 -(y)ıp, -(y)ip, -(y)up, -(y)üp 型態已具有連接詞 ve 的效果，因此，其後不可再與 ve 連用。
2. 若 -(y)ıp, -(y)ip, -(y)up, -(y)üp 型態之後加了連接詞 da 或 de，則附屬子句的動詞和主要子句的動詞時態上不會一致。例如：
- Onu böyle dağınık bir odada görüp de savruk biri zannetmeyin.
（您別看他在這麼一個雜亂的房間裡就以為他是個散漫的人。）
3. 若 -(y)ıp, -(y)ip, -(y)up, -(y)üp 動副詞重複使用，則表示「經常」的意思。例如：
- Gidip gidip pencereden bakıyor.（他不時從窗口觀看。）
4. 當 -(y)ıp, -(y)ip, -(y)up, -(y)üp 動副詞之後緊接著 durmak, kalmak 等動詞時，表示「動作持續發生一段時間」的意思。例如：
- Beklenmedik durumda öyle şaşırıp kaldık.（在這出乎意料的情況下我們就那樣愣住了。）
- Bu görkemli güzelliğe bakıp duruyor.（他凝視著這壯觀的美景。）

5. 至於加了否定型態的動副詞（-mayıp, -meyip）意思轉為「不做（附屬子句的動作）
   而做（主要子句動詞的動作）」。

   例如：

- Neden yarınki sınava hazırlanmayıp da dizi izliyorsun?

  （你為什麼不準備明天的考試還在看連續劇？）

6. 表達三個連續動作（連接三個子句）時，可以搭配 -(y)arak, -(y)erek 動副詞使用。

   例如：

- Genellikle erken kalkar, kahvaltı yapar ve yola çıkar. > Genellikle erken kalkıp
  kahvaltı yaparak yola çıkar.

  （他通常早起吃早餐再上路。）

II.2.1 型態

　　-(y)ıp, -(y)ip, -(y)up, -(y)üp 動副詞是根據動詞字根最後一音節諧音而成，若遇
到母音結尾的動副詞，則需使用 y 子音作為墊音。例如：bakıp, gösterip, oturup,
düşüp; ağlayıp, isteyip, okuyup 等。

II.2.2 例句

　　以下讓我們透過例句來學習這個動副詞的使用：

- Bebek ağlıyor. Sen gidip bir bak.（小寶寶哭了。你去看看。）
- Her akşam roman okuyup yatıyor.（他每天晚上都看小說再上床。）
- Bazı durumlarda gülüp geçmeliyiz.（有些情況下我們必須一笑置之。）
- Telefon edip sorabilir misin?（你可以打電話詢問嗎？）
- Nedense bir görünüp bir kayboluyor.（不知為什麼他出現一陣又會失蹤一陣。）
- Güneş her akşam batıp her gün doğar.（太陽每晚西沉每天升起。）
- Beni böyle bırakıp gitme.（你別這樣丟下我離去。）

- Galiba çok yorulmuşsunuzdur. Tatil <u>yapıp</u> dinlenmelisiniz.

  （你們大概很疲憊吧。你們應該去渡假休息。）

- Niçin <u>oturmayıp</u> ayakta duruyorsun?（你為何不坐下卻站著呢？）

- Bu sabah otobüse <u>binmeyip</u> bisikletle işe gitmiş.

  （據說他今早沒搭公車而是騎腳踏車去上班。）

III.1 配合題

請選擇合適的詞語完成以下句子。

① Memur benim ＿＿＿＿＿＿

a. yarın sınıfa erken gelmemizi söyledi.

② Müdür bey size ＿＿＿＿＿＿

b. hemen eve dönmeni istiyorum.

③ Öğretmenimiz ＿＿＿＿＿＿

c. yarın sabah beni uyandırmamasını söyledim.

④ Vakit çok geç! Senin ＿＿＿＿＿＿

d. yarınki toplantıyı hatırlatmamı istedi.

⑤ Türkiye'ye gideceğim. Ablam ＿＿＿＿＿＿

e. yağsız yemesini söyledi.

⑥ Taipei'de okurken annem ＿＿＿＿＿＿

f. kalın giyinmesini söyleyecceğim.

⑦ Doktor hastaya ＿＿＿＿＿＿

g. kendisini her hafta aramamı istedi.

⑧ Kardeşim benden ＿＿＿＿＿＿

h. bu formu doldurmamı söyledi.

⑨ Ben anneme ＿＿＿＿＿＿

i. bilgisayarını kontrol etmemi istedi.

⑩ Hava soğuk. Kızımın ＿＿＿＿＿＿

j. nazar boncuğu getirmemi istiyor.

III.2 填充題

請根據提示填入正確的動副詞以完成下列句子。

① Beni biraz bekler misin? Hemen (git-) ＿＿＿＿＿＿ geleceğim.

② Zamanı varsa onunla (konuş-) ＿＿＿＿＿＿ sohbet etmek istiyorum.

③ Hemen ödevlerimizi (bitir-) ＿＿＿＿＿＿ sinemaya gidelim.

④ Hava güzel olursa bahçeye (çık-) ＿＿＿＿＿＿ çay içeriz.

⑤ Bakkala (git-) ＿＿＿＿＿＿ gazete ve ekmek alacağım. Bir şey ister misin?

⑥ Bebek sütünü (iç-) _____ uyudu.

⑦ Bence bu pantolon çok güzel. (Giy-) _____ deneyebilirsiniz.

⑧ Bugün dışarı (çık-) _____ evde oturalım.

⑨ Türkçeyi iyice (öğren-) _____ ileride çevirmen olmak istiyor.

⑩ Geçen yıl üniversiteden mezun (ol-) _____ yurt dışına gitti.

⑪ Yılbaşı partisinde bol bol şarkı (söyle-) _____ dans ettik.

⑫ Ali elmasını (ye-) _____ kardeşine verdi.

⑬ Acele edin! On dakika içinde (hazırlan-) _____ çıkmalıyız.

⑭ Eve gelir gelmez üstümü (değiştir-) _____ yattım.

⑮ Çok acıktım. Yakın bir lokantaya (git-) _____ karnımızı doyuralım.

III.3 改寫句子

請將下列命令式直接陳述句改寫為間接陳述句。

例如：Müdür sekreterine "raporu hazırladıktan sonra masama bırak." dedi.

> → *Müdür sekreterinden raporu hazırladıktan sonra masasına bırakmasını*
>   *istedi.*

1. Annem bana "Bu akşam sakın eve geç kalma!" dedi.

   Annem _____ istedi.

2. Eşime "Restorana telefon edip bu akşam için iki kişilik bir masa ayırt."

   dedim.

   Eşime _____ söyledim.

3. Trafik polisi bana "Lütfen ehliyetinizi gösterin." dedi.

   Trafik polisi _____ rica etti.

4. Arzu Hanım, eşine "Arabayı yavaş kullan." diyor.

   _____ söylüyor.

⑤ Annesi çocuğa "Hemen bilgisayarı kapatıp yatağa gir!" dedi.

_____ istedi.

⑥ Ona "Biraz daha yüksek sesle konuşun." dedim.

_____ rica ettim.

⑦ Annesi çocuğa "Odanı toparla ve temizle." diyecek.

_____ isteyecek.

⑧ Ona "Şemsiye almayı unutma." diyeceğim.

_____ söyleyeceğim.

⑨ Sevgilisi Ayşe'ye "Bana söz ver." dedi.

Sevgilisi _____ istedi.

⑩ Patron, Hakan'a "Her hafta bana proje hakkında rapor ver!" diye emretti.

_____ emretti.

MP3-25

atamak	動 指派；任命
batmak	動 沉沒、（太陽）西沉
belediye	名 市政府
doğmak	動 升起；誕生
efendi	名 先生
emretmek, -der	動 命令；下令
galiba	副 大概、可能
görkemli	形 宏偉的、壯觀的
göstermek	動 表示、表現；證明
hatırlatmak	動 使記起、使想起；提醒
izinsiz	副 未經許可地；未獲批准地
kaybolmak	動 消失；不見；失蹤
kimlik	名 身分；個性；證件
kimlik kartı	名 身份證
roman	名 小説
savruk	形 粗心的、散漫的、雜亂的
sınav vermek	動片 通過考試
zannetmek, -der	動 認為、以為

NOTLARIM

Ders 12 İYİ TATİLLER!

第十二課 祝假期愉快！

本課學習目標

1. -makta, -mekte 「正在進行」
2. -mak üzere, -mek üzere 「即將」

MP3-26

Tatil Planı 渡假計畫

A: Okullar kapanmak üzere. Tatil için plan yaptın mı?

學期即將結束。你做好假期計畫了嗎？

B: Haklısın. Dersler bitmek üzere. Plan yapmak lazım.

有道理。課程快結束了，該做計畫。

A: Evet, onun için söylüyorum. Sen tatil planı yapmakta iyisin.

是啊，所以我才這麼說。你在制定計畫上是一流的。

B: Sağ ol canım. Senin bir önerin var mı?

謝謝。你有什麼建議嗎？

A: Tatil için bir önerim yok, ama Hsimen'de yaz indirimleri başlamak üzere. İstersen indirimler bitmeden gidip biraz alışveriş yapalım. Ne dersin?

對於假期我沒什麼建議，不過西門的夏季折扣快開始了。你要的話我們趁還在打折時一起去購物。你覺得如何？

B: Evet yapalım. Tatil için almamız gereken şeyler var. Güneş gözlüğü, havlu, şort, mayo gibi.

好啊，一起去。我們需要為假期添購一些東西。像是太陽眼鏡、浴巾、短褲、泳裝。

A: Anladım. Sen tatil için plan yapmışsın.

我懂了。看來你早已做好假期計畫了。

B: Nereden anladın?

你怎麼看出來的？

A: Baksana. Güneş gözlüğü, havlu, şort, mayo... Demek ki deniz kenarına gideceğiz.

你看，太陽眼鏡、浴巾、短褲、泳裝……看來我們要去海邊。

B: Hahaha. Aslında çok iyi olur. Şöyle sırtımızı güneşe vermekte yarar var. Biraz güneş görsün vücudumuz. Biraz da yüzelim, dinlenelim.

哈哈哈，其實這樣挺好的。讓我們的背稍微曬曬太陽也好。也讓身體見點太陽。我們也可游泳、休息一番。

A: Zaten gazetede de yazıyor. Bak dinle. Tayvan'da insanlar tatil için güneye gitmeyi tercih ediyor. Turistlerin büyük bir kısmı ise dağlara gidiyor ve yürüyüş yapıyor. Ama biz güneye gidelim.

其實報上也有寫。你聽看看。在台灣的本地人喜歡去南部渡假。而大部分觀光客則喜歡去登山與健行。不過我們去南部吧。

B: Evet. Bence de Kenting iyi bir tatil yeri. Orada hem yüzeriz hem de dinleniriz.

是。我也覺得墾丁是個渡假的好去處。在那兒我們既可以游泳又可以休息。

A: Tamam. O zaman hazırlanıp çıkalım mı hemen?

好的。那麼我們準備一下就馬上出門囉？

B: Olur. Benim işim bitmek üzere. Sen hazırlanmaya başla. Ben de geliyorum hemen.

行。我也快好了。你先開始準備。我馬上就來。

II.1 -makta, -mekte「正在進行」

II.1.1 意義

當我們用正式公告性文字來表達「正在進行」的語意時,會使用 -maktadır, -mektedir 的述詞型態,以傳達該訊息的確實、無庸置疑。例如: "Dünyadaki orman varlığı her yıl ortalama 13 milyon hektar alan azalmaktadır."(世界上的森林正以每年平均 1,300 萬公頃的速度流失中。)

我們也可透過 -makta olan 或 -mekte olan 的動形容詞型態來傳達「正在進行」語意。例如: "gelişmekte olan ülkeler"(開發中國家), "uygulanmakta olan projeler"(實施中的企畫案)以及 "yapılmakta olan yatırımlar"(進行中的投資)等。

另外,如果我們要表達「已經完成」的語意,則透過 -mış olan, -miş olan, -muş olan, -müş olan 的動形容詞型態。例如: "gelişmiş olan ülkeler"(已開發國家), "uygulanmış olan projeler"(已執行的企畫案)以及 "bitmemiş olan öyküler"(未完成的故事)等。

● 小提醒

(1)雖然現在式也可用來表達「正在進行」的語意,但只能作為句中的述詞,不能轉成動形容詞而放在句首或句中使用。

(2)由於現在式除了「正在進行」語意之外,還可表達「(說話者認為)即將發生」以及「短期間內規律出現的動作、習慣」等語意;因此,使用 -makta, -mekte 可讓「正在進行」的語意更明確,避免造成聽者或讀者的誤解。

II.1.2 型態

在動詞字根後依據諧音加上不定詞型態的 -mak- 或 -mek-,再加上在格 -ta 或 -te 即可達成表達「正在進行」語意的 -makta, -mekte。若作為句中述詞且要強調「正式、告示性文字」時會再加上 -dır 或 -dir，成為 -maktadır 或 -mektedir。

-makta, -mekte 若在句中，可與 olan 搭配成為動形容詞。例如：

- Gelişmekte olan ülkelerde, doğum oranlarında azalma dikkat çeker.

（開發中國家生育率降低的情形值得注意。）

II.1.3 例句

以下讓我們透過更多例句來進一步了解 "-makta, -mekte" 的使用：

- Tayvan'da insanlar tatil için güneye gitmeyi tercih etmekte.

（在台灣的本地人喜歡去南部渡假。）

- Turistlerin büyük bir kısmı ise dağlara gitmekte ve yürüyüş yapmaktadır.

（而大部分觀光客則喜歡去登山或健行。）

- Yeni açılan mağazanın önünde kuyruklar oluşmakta.

（新開幕的商場前，排隊的人潮湧現中。）

- Üç saat geçmesine rağmen toplantı devam etmekte.

（雖然已經過了三小時，會議仍在進行中。）

- Dünyada insanların enerji konusuna ilgileri her geçen gün büyümekte.

（世人對於能源問題的關切日益擴大。）

- Bilgisayar kurslarımızın kayıtları merkezimizde yapılmaktadır.

（本中心正在辦理電腦課程報名手續。）

- Dünyada yiyecek üretimi günden güne çoğalmasına rağmen açlık gittikçe
artmaktadır.（雖然世界上糧食產量日益增加，飢荒卻逐漸增加中。）

- Çinli liderler ülkede 1980'den bu yana uygulanmakta olan tek çocuk politikasını
gevşetme kararını aldı.

（中國領導階層決定將國內自 1980 年實行至今的一胎化政策鬆綁。）

- Maalesef şu anda siyasette yaşanmakta olan kavgalar ve tartışmalar hâlâ
sürmektedir.

（很遺憾目前政壇上發生的爭吵與爭論仍然持續著。）

II.2 -mak üzere, -mek üzere「即將」

II.2.1 意義

作為句中的述詞（通常位在句尾）的 -mak üzere, -mek üzere，傳達「即將發生」的語意。由於 üzere 是質詞，屬於名詞類，其後可以加上人稱字尾以表達「某人即將……」。例如：

- Benim işim bitmek üzere.（我的工作快好了。）
- Gelmek üzereyim.（我快到了。）
- Görüşmek üzere.（待會兒見；期待盡快再見。）

● **小提醒**

(1)由於現在式除了「即將發生」語意之外，還可表達「正在進行」以及「短期間內規律出現的動作、習慣」等語意；因此，使用 -mak üzere, -mek üzere 時可讓「即將」的語意更明確，避免造成聽者或讀者的誤解。

(2)-mak üzere, -mek üzere 型態也可放在句中，變成類似 -mak için, -mek için（為了……）的語意。例如：

- Tatilde kullanmak üzere yanımıza güneş gözlüğü, mayo ve havlu aldık.

（為了渡假要用我們帶了太陽眼鏡、泳裝和浴巾。）

II.2.2 型態

在動詞字根後依據諧音加上不定詞型態的 -mak 或 -mek，之後加上質詞 üzere，即可傳達「即將發生」語意。由於質詞屬於名詞類，此處之述詞可再根據語意需要於 üzere 之後加接人稱字尾。例如：

- İşimi bitirmek üzereyim.（我快要做好我的工作了。）
- Yaz indirimleri başlamak üzere.（夏季折扣即將開始。）

II.2.3 例句

以下讓我們透過例句來進一步了解 "-mak üzere, -mek üzere" 的使用：

- Sessiz olun. En iyi kadın oyuncu ödülü verilmek üzere.

  （你們安靜點，就快頒最佳女演員獎了。）

- Acele edelim. Okul taşıtı gelmek üzere.（我們動作快點，校車就快到了。）

- Baba olmak üzere. Artık heyecanla bebeğin dünyaya gelmesini beklemekte.

  （他就快當爸爸了，緊張地期待著寶寶到來。）

- Öksürmekten ölmek üzeresin. Ne olur, sigarayı bırak.

  （你都快咳死了。拜託你把菸戒掉吧。）

- Geri dönmek üzereler. Biraz daha beklerseniz görüşürsünüz.

  （他們快回來了。若你們再等一下就可以見到面了。）

- Bakıyorum kız ağlamak üzere. Konuyu kapatsak iyi olur.

  （我看她都快哭出來了。我們這個話題就此打住比較好。）

- Sayısal Loto'nun çekilişi yapılmak üzere. Herkes heyecanla beklemekte.

  （樂透即將開獎。每個人都緊張地等待著。）

III.1 配合題

根據情境選出合適的回應。

( ) ❶ Hasta şimdi uyumakta.   a. Görüşmek üzere.

( ) ❷ Tatil için alışveriş yapmamız lazım.   b. Her şey yolunda gitmektedir.

( ) ❸ Beni on dakika daha bekle.   c. Yemek pişmek üzere.

( ) ❹ Tatil için Kenting'e gitsek mi?   d. Hem yüzeriz hem dinleniriz.

( ) ❺ Akşam olmak üzere.   e. İşim bitmek üzere.

( ) ❻ Hava karardı.   f. Birlikte gidelim mi?

( ) ❼ Biraz daha dayanın.   g. Lütfen rahatsız etmeyin!

( ) ❽ Annem, ben çıkıyorum.   h. Çok üzgünüm.

( ) ❾ Siz hiç merak etmeyin.   i. Yağmur yağmak üzere.

( ) ❿ Buradan ayrılmaktayım.   j. Haydi evimize gidelim.

III.2 填充題

請根據句意填上 -makta, -mekte 或 -mak üzere, -mek üzere。

❶ Biz şu anda rakı iç＿＿＿＿＿. Sen ne yapıyorsun?

❷ Tayvan yazın çok sıcak ve nemli ol＿＿＿＿＿.

❸ Bence koşmalısın. Otobüs kalk＿＿＿＿＿ ＿＿＿＿＿.

❹ Saat gece yarısını geç＿＿＿＿＿ ＿＿＿＿＿, sen hâlâ uyumamışsın.

❺ Sağlık, her şeyin üstünde gel＿＿＿＿＿.

❻ Telefonun şarjı bit＿＿＿＿＿ ＿＿＿＿＿. Seni sonra ararım.

❼ Dinlen＿＿＿＿＿ ＿＿＿＿＿ kafeteryaya gidip birer çay içelim mi?

❽ Beni sonra arar mısın? Toplantım hâlâ devam et＿＿＿＿＿.

❾ Evde çayımız bit＿＿＿＿＿ ＿＿＿＿＿. Gidip yenisini alalım.

❿ Bana biraz daha süre verin. Son cümlemi yaz＿＿＿＿＿ ＿＿＿＿＿.

III.3 改寫句子

請改寫成意義相同的句子。

例如：Sen uyuyor musun?

    → *Sen uyumakta mısın?*

❶ İnsanlar tatil olmasına rağmen çalışıyor.

_____

❷ İlkbaharda çiçekler açıyor, havalar ısınıyor.

_____

❸ Arzu'nun kocası her gün içiyor, eve geç gidiyor.

_____

❹ Acele edelim. Konser başlıyor.

_____

❺ Yerlerimizi alalım. Öğretmen geliyor.

_____

❻ Çevre kirliliği her gün biraz daha artıyor.

_____

❼ Biz şu anda Türkçe öğreniyoruz.

_____

❽ Türkiye'ye her yıl milyonlarca turist geliyor.

_____

❾ Tren kalkıyor, vedalaşalım artık.

_____

❿ Türkiye-Avrupa Birliği görüşmeleri devam ediyor.

_____

MP3-27

açlık	名	饑荒；飢餓
çoğalmak	動	增加、變多
dikkat çekmek	動片	吸引注意
enerji	名	能源、能量
gelişmek	動	發展、進步
gevşetmek	動	使鬆弛；鬆綁
gittikçe	副	逐漸地
hektar	名	公頃
kısım, -smı	名	部分
lider	名	領袖
mayo	名	泳裝
ne olur	片	拜託、求求你
oran	名	比例、比率
ödül	名	獎金、獎品；獎勵
politika	名	政策；政治
sırt, -tı	名	背、背脊、背部
siyaset, -ti	名	政治；政策
taşıt, -tı	名	運輸工具
uygulanmak	動	被實施、被施行；被運用
üretim	名	生產、製造
varlık	名	存在
yarar	名	益處、好處；用途
yiyecek	名	食物

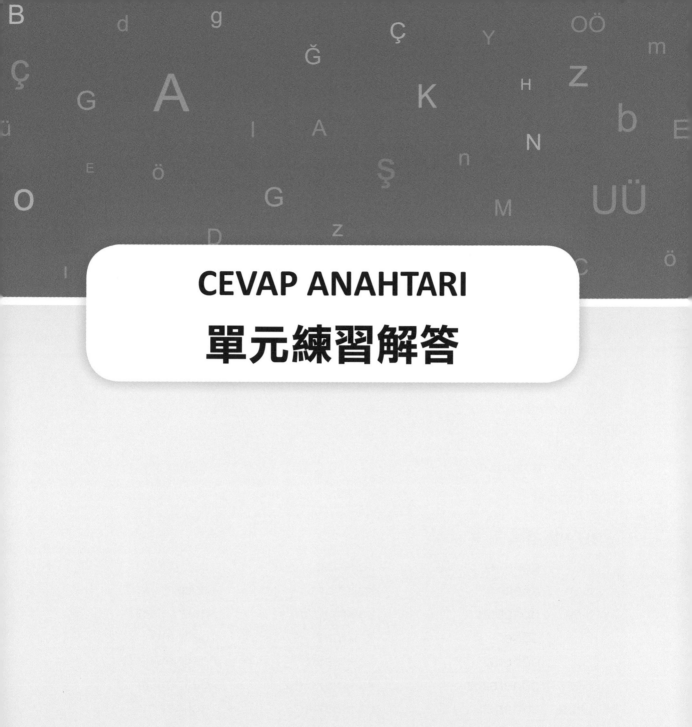

CEVAP ANAHTARI

單元練習解答

II.1.4 小練習 (s. 020)

1. gelirim

2. gelir misin

3. Gelmez miyim

4. gelirim

5. alır mısın

6. alırım

7. olur mu

8. Olur

9. arar mısınız

10. sever

III.1 表格填充 (s. 023)

	dönmek（肯定）	kalkmak（否定）	gelmek（肯定疑問）
Ben	dönerim	kalkmam	gelir miyim?
Sen	dönersin	kalkmazsın	gelir misin?
O	döner	kalkmaz	gelir mi?
Biz	döneriz	kalkmayız	gelir miyiz?
Siz	dönersiniz	kalkmazsınız	gelir misiniz?
Onlar	dönerler	kalkmazlar	gelirler mi?

III.2 選擇題 (s. 023)

1. c

2. a

3. b

4. d

5. a

6. c

7. d

8. b

III.3 填充題 (s. 024)

1. gelir, gelirim

2. içersiniz, alırım

3. Umarım, olur

4. edersiniz, isterim

5. dersin, olur

III.4 問答題 (s. 024)

1. beğenmez.

2. yapar.

3. fırçalarım.

4. hoşlanmazlar.

5. içmem.

6. geç yatmam.

7. erken kalkmaz.

8. yüksek sesle konuşmayız.

III.5 改寫句子 (s. 025)

1. Günlük alışverişimi daha çok mahallemizde yaparım.

2. Bu kumaştan güzel gömlek olur mu?

3. Siyah elbisenin üstünde mavi zincir çok güzel durur.

4. Ablam çok güzel piyano çalar.

5. Ahmet hiç yalan söylemez.

6. Elinizdeki kutuyu buraya bırakırsınız.

7. Anneciğim, bana para verir misin?

8. Bence yarın yağmur yağmaz.

9. Kızım, bakkaldan iki tane ekmek alırsın.

10. Yazın hava çok sıcak olur.

第二課

II.1.3 小練習 (s. 033)

1. cevap vermek

2. birlikte olmak

3. Dinlenmek

4. unutmamak

5. Hastalanmamak

III.1 問答題 (s. 040)

1. Metroyla.

2. Ahmet'le.

3. Elektrik süpürgesiyle.

4. Memnuniyetle.

5. Taksiyle.

6. Trenle.

7. Bıçak ve çatalla.

8. Tarakla.

III.2 改錯題 (s. 040)

1. silgiyle

2. kredi kartıyla

3. arabayla

4. diş fırçasıyla

5. Kaşıkla

6. gözlükle

7. mendille

8. heyecanla

III.3 配合題 (s. 041)

1. d

2. a

3. e

4. b

5. g

6. c

7. h

8. f

III.4 填充題 (s. 042)

1. biter bitmez

2. çıkar çıkmaz

3. görür görmez

4. olur olmaz

5. gelir gelmez

6. söndürür söndürmez

7. çalar çalmaz

8. biner binmez

III.5 閱讀測驗 (s. 042)

1. D

2. Y

3. Y

4. Y

5. D

6. Y

7. Y

8. D

第三課

III.1 問答題 (s. 057)

1. çalamam

2. yapabilirler

3. konuşamaz

4. yiyebilirsin

5. koşamaz

6. içemezsin (或 içemezsiniz)

7. bitiremedim

8. edebileceğim

III.2 填充題 (s. 058)

1. kullanabileceğim (或 kullanabilirim)

2. içemez (或 içemiyor)

3. yazamam

4. çıkamayacağım (或 gidemeyeceğim)

5. dikebilir (或 dikebilecek)

6. Oturabilir miyim

7. gidemeyeceğiz (或 çıkamayacağız)

8. bekleyebilir misin

III.3 選擇題 (s. 058)

1. c

2. a

3. d

4. b

5. b

6. d

7. a

8. c

III.4 填充題 (s. 059)

1. edemem

2. öğrenebilir

3. kapatabilir

4. buluşamam

5. telefonlaşıyor (或 telefonlaşır)

6. anlaştılar

7. kaldıramam

8. yiyemiyorum (或 yiyemem)

III.5 配合題 (s. 060)

1. g

2. d

3. f

4. a

5. b

6. h

7. c

8. e

第四課

II.1.3 小練習 (s. 070)

1. yatmış	2. kalkmış	3. yapmamış
4. gitmiş	5. dilemiş	6. girmiş
7. gülümsemiş	8. gelmiş	9. sormuş

II.2.3 小練習 (s. 074)

1. Japon'muş	2. Hiroki'ymiş	3. yakışıklıymış
4. güler yüzlüymüş	5. iyi değilmiş	6. çalışkanmış
7. doğum günüymüş	8. mükemmelmiş	9. düşünceliymişsiniz

III.1 時態改寫 (s. 075)

1.	Deniz okuldaydı.	Deniz okuldaymış.
2.	Dedesi pek yaşlı değildi.	Dedesi pek yaşlı değilmiş.
3.	Hava soğuktu ve rüzgârlıydı.	Hava soğukmuş ve rüzgârlıymış.
4.	Çok şişman değildi.	Çok şişman değilmiş.
5.	Babası zengin değildi.	Babası zengin değilmiş.
6.	Siz doktor muydunuz?	Siz doktor muymuşsunuz?

III.2 填充題 (s. 075)

1.	-muşum	6.	-ymış, -memiş
2.	-muş	7.	-ymış
3.	-mışım	8.	-muş
4.	-miş, -mamış	9.	-mişler
5.	miymiş	10.	-mış

III.3.1 閱讀與填充 (s. 076)

1. -mışlar	2. -miş	3. -miş	4. -mış	5. -mış
6. -miş	7. -miş	8. -miş	9. -mış	10. -muş
11. -miş	12. -mış	13. -muş	14. -muş	15. -miş
16. -mış	17. -mış	18. -mış	19. -mış	20. -mış

III.3.2 閱讀與填充 (s. 077)

1. karşılaşmış	6. demiş
2. Merak ettim	7. yuvarlandı
3. oldu	8. inanmamış
4. duydum	9. yapar
5. atıştık	10. Uzun etme

III.1 配合題 (s. 093)

1. C	6. G
2. I	7. J
3. B	8. F
4. E	9. D
5. A	10. H

III.2.1 填充題 (s. 093)

1. -yken	6. -rken
2. -yken	7. -ken
3. -yken	8. -mazken
4. -urken	9. -rken
5. -mezken	10. -ken

III.2.2 填充題 (s. 094)

1. -meliyiz	6. -melisin
2. -malıyım	7. -meniz
3. -memelisin	8. -memelisin
4. -memelisin	9. -man
5. -mem	10. -mem

III.3 問答題 (s. 095)

1. Düzenli beslenmeliyiz ve spor yapmalıyız.

2. Beni evden saat 7'de almalısın.

3. Arabanın durumunu kontrol etmeliyiz ve trafik kurallarına uymalıyız.

4. Hastanede gürültü yapmamalıyız ve sigara içmemeliyiz.

5. Bol bol su içmemiz, sık sık ellerimizi yıkamamız, öksürürken ve hapşırırken ağzımızı kapatmamız lazım.

6. Çok fazla yemek yememen, düzenli spor yapman ve bol bol su içmen gerekiyor.

7. Çocuklar televizyon ve bilgisayara çok fazla zaman ayırmamalı.

8. Uçağa yetişmek için iki saat önce havaalanında olmalısınız.

9. Bir ülkeyi iyice tanımak için o ülkenin dilini bilmeliyiz.

10. Başarılı olmak için iyi eğitim almak, düzenli ve disiplinli çalışmak lazım.

第六課

III.1 填充題 (s. 107)

1. -ki	6. -deki
2. -kü	7. -deki
3. -ki	8. -ndaki
4. -kü	9. -deki
5. -deki	10. -deki

III.2 造句 (s. 107)

1. O kadar yoruldum ki eve gelir gelmez yattım.

2. Sevgi'den çok hoşlandım ama ne yazık ki evliymiş.

3. Ağabeyim bana "Bayram tatilinde planın var mı?" diye sordu.

4. Başım öyle ağrıyor ki yataktan kalkamıyorum.

5. O kadar zengin değil ki bu semtte ev alsın.

6. Evlilik yıl dönümünde eşime "Bir sürpriz yapayım." diye düşündüm.

7. Filmi izlerken öyle korktum ki gözümü açamadım bile.

8. Ne yazık ki başka bir arkadaşa "Partiye seninle geleceğim." diye söz verdim.

9. Eşim "Evlilik yıl dönümümüzü unuttun." diye bana çok kızdı.

10. Bu yıl çocuklara "Tatilde sizi denize götüreceğim." diye söz verdim.

III.3 閱讀測驗 (s. 108)

1. C

2. D

3. A

4. C

第七課

III.1 配合題 (s. 124)

1. D	6. F
2. H	7. B
3. E	8. C
4. G	9. J
5. I	10. A

III.2 配合題 (s. 124)

1. C	6. A
2. B	7. F
3. D	8. E
4. G	9. J
5. H	10. I

III.3 填充題 (s. 125)

1. bölündü

2. çözüldü

3. hazırlanacak

4. verilir

5. yapıldı

6. okunmuş / okunuyor

7. eğlenilecek

8. harcanmış / harcanacak

9. giyindi / giyinecek

10. bilinmemiş / bilinmiyor

III.4 句子改寫 (s. 126)

1. yapılmadı

2. hazırlandı

3. oynandı

4. seyredilir

5. gidilir

6. kaybedildi

7. cevaplandı

8. muayene ediliyor

9. kirletiliyor

10. süpürülüp temizlenir

第八課

II.3.3 小練習 (s. 140)

1. yorgun, hissediyoruz

2. şanslı, hissediyorum

3. kötü, hissediyorum

4. mutlu, hissediyorum

5. rahat, hissediyorum

III.1 配合題 (s. 141)

1. A	2. D	3. B	4. G
5. E	6. H	7. F	8. C

III.2 配合題 (s. 141)

1. H	2. G	3. A	4. C
5. D	6. E	7. F	8. B

III.3 配合、填充題 (s. 142)

1. (C) kurulandı	6. (B) hazırlanıyor / hazırlandı
2. (H) giyinmişsiniz	7. (F) katılmayacağım
3. (E) sarındık	8. (J) üzüldü
4. (A) yuvarlandı	9. (G) yoruldu / yorulmuş
5. (D) saklandı / saklanmış	10. (I) övünüyor

III.4 填充題 (s. 143)

1. sabunlan / sabunlanmalısın

2. gizlendi

3. soyun

4. korunabiliriz / korunuruz

5. eğil / eğileceksin / eğilmelisin

6. yıkanır, giyinir, taranır

7. sevindik

8. çekilmek

第九課

III.1 填充題 (s. 162)

1. almazsan

2. bittiyse

3. meşgulseniz

4. olursam

5. yemediysen

6. çalışırsa

7. beslenirse

8. yatarsam

9. bırakırsan

10. geleсekseniz

III.2 配合、填充題 (s. 162)

1. (B) yorulduysanız

2. (I) Hastaysanız

3. (G) bulursam

4. (E) inanmıyorsan

5. (H) Evdeysen

6. (C) gideceksek

7. (F) yazmıyorsa

8. (D) konuşmazsan

9. (A) dolaşırsan

10. (J) bozuksa

III.3 造句 (s. 163)

1. Tatil için ne ormana ne de deniz kenarına gidiyor. / Tatil için ne deniz kenarına ne de ormana gidiyor.

2. Ali'nin dedesi çok hasta. Ne yemek yiyor ne su içiyor.

3. Bugün ne kitap okudum ne de ders çalıştım.

4. Hiç okula gitmemiş. Ne okuması ne de yazması var.

5. Yemek çok lezzetsiz, ne tatlı ne de tuzlu.

6. O kız ne Amerikalı ne de İngiliz ama çok güzel İngilizce konuşuyor.

7. Ağabeyim ne şişman ne zayıf, orta kilolu bir adam.

8. Oğlum çok yaramaz. Ne söz dinliyor ne de uslu duruyor.

9. Ne birisiyle konuşuyor ne de ailesi hakkında bilgi veriyor.

10. Bu yazı ne Çinceye benziyor ne de Japoncaya. Korece olabilir.

III.4 句子改寫 (s. 164)

1. Tatile çıkıyorsanız yanınıza iyi bir fotoğraf makinesi alın.
   如果您（/你們）要去渡假請帶一部好的相機在身邊。

2. Geç yatarsam geç kalkarım.
   我若晚睡就會晚起。

3. Zil çalmadıysa biraz daha oynayabiliriz.
   若還沒打鐘，我們就可以再玩一下子。

4. Yıl içinde derslere çok çalışmayacaksanız boşuna okula gitmeyin.
   若你們這一年當中不好好用功，那請你們不要白白去上學（浪費時間）。

5. Paran gelmişse bankaya gidip çek.
   如果錢已經匯入你帳戶，你就去銀行領出來。

6. Her akşam buradan geçiyorsa bu akşam da geçer.

如果他每晚都經過這裡，今晚也會經過的。

7. Korku filmi seyredersen kâbus görebilirsin.

   如果你看恐怖片，可能會做惡夢。

8. Öğretmen bugün ödev vermeyecekse biz film seyredeceğiz.

   如果老師今天沒交代作業，我們就要看電影。

9. Ahmet kitabı okumuşsa bana getirsin.

   Ahmet 如果已經看完那本書，就讓他把書帶來給我。

10. Beni daha önce hiç görmediyse tanıyamaz.

    如果他之前不曾見過我，應該認不得我。

第十課

III.1 配合題 (s. 176)

1. e	6. h
2. i	7. j
3. b	8. f
4. a	9. g
5. c	10. d

III.2.1 填充題 (s. 176)

1.	-luk, -lik	6.	-lik
2.	-lik	7.	-lık
3.	-lik	8.	-lık, -luk
4.	-luk	9.	-lık
5.	-lik	10.	-lük

III.2.2 填充題 (s. 177)

1.	-e, aldıracağım	6.	-e, imzalattı
2.	-ye, çektirdim	7.	-e, içirmez
3.	-e, çalıştırıyor	8.	-yı, iyileştirdi
4.	-ya, içirecek	9.	-nu, kısalttı
5.	-ya, boyattı	10.	-ı, ağlatıyor

III.3 造句 (s. 178)

1.	parti için terziye elbisesini diktirecek
2.	çocuğa bayramda yeni ayakkabılarını giydirdi
3.	onu tamirciye tamir ettirdim
4.	hırsıza tüm emekli maaşını çaldırmış
5.	bize derste Türkçe şarkı söyletiyor
6.	beni kapıda iki saat beklettin
7.	bu hafta sonu bana evimizi temizletecek
8.	öğrencileri sınıftan çıkardı
9.	her sabah bana gazete okutuyor
10.	sınavda bize Türkçeden Çinceye on cümle çevirtti

第十一課

III.1 配合題 (s. 194)

1. h	6. g
2. d	7. e
3. a	8. i
4. b	9. c
5. j	10. f

III.2 填充題 (s. 194)

1. gidip	6. içip	11. söyleyip
2. konuşup	7. Giyip	12. yemeyip
3. bitirip	8. çıkmayıp	13. hazırlanıp
4. çıkıp	9. öğrenip	14. değiştirip
5. gidip	10. olup	15. gidip

III.3 改寫句子 (s. 195)

1. benden bu akşam eve geç kalmamamı

2. restorana telefon edip bu akşam için iki kişilik bir masa ayırtmasını

3. benden ehliyetimi göstermemi

4. Arzu Hanım, eşine arabayı yavaş kullanmasını

5. Annesi çocuktan hemen bilgisayarı kapatıp yatağa girmesini

6. Ondan biraz daha yüksek sesle konuşmasını

7. Annesi çocuktan odasını toparlamasını ve temizlemesini

8. Ona şemsiye almayı unutmamasını

9. Ayşe'den kendisine söz vermesini

10. Patron, Hakan'a her hafta kendisine proje hakkında rapor vermesini

第十二課

III.1 配合題 (s. 206)

1. g	6. i
2. f	7. c
3. e	8. a
4. d	9. b
5. j	10. h

III.2 填充題 (s. 206)

1. -mekteyiz	6. -mek üzere
2. -makta	7. -mek üzere
3. -mak üzere	8. -mekte
4. -mek üzere	9. -mek üzere
5. -mekte	10. -mak üzereyim

III.3 改寫句子 (s. 207)

1. İnsanlar tatil olmasına rağmen çalışmakta.

2. İlkbaharda çiçekler açmakta, havalar ısınmakta.

3. Arzu'nun kocası her gün içmekte, eve geç gitmekte.

4. Acele edelim. Konser başlamak üzere.

5. Yerlerimizi alalım. Öğretmen gelmek üzere.

6. Çevre kirliliği her gün biraz daha artmakta.

7. Biz şu anda Türkçe öğrenmekteyiz.

8. Türkiye'ye her yıl milyonlarca turist gelmekte.

9. Tren kalkmak üzere, vedalaşalım artık.

10. Türkiye-Avrupa Birliği görüşmeleri devam etmekte.

國家圖書館出版品預行編目資料

進階外語 土耳其語篇 / 杜爾孫、曾蘭雅、李珮玲編著.
-- 初版 -- 臺北市：瑞蘭國際有限公司, 2022.03
232面；19 × 26公分 --（外語學習；103）
ISBN：978-986-5560-32-4（平裝）

1.土耳其語 2.讀本

803.818   110012931

外語學習系列 103

進階外語　土耳其語篇

編著者｜杜爾孫、曾蘭雅、李珮玲
責任編輯｜鄧元婷、王愿琦
校對｜杜爾孫、曾蘭雅、李珮玲、鄧元婷、王愿琦

土語錄音｜吳王淑麗（Makbule Wang）、Serpil Samur（石慕）、
　　　　　Ebubekir Şahin（夏英）、Erhan Taşbaş（徐漢陽）
錄音室｜采漾錄音製作有限公司
封面設計、版型設計、內文排版｜陳如琪

瑞蘭國際出版

董事長｜張暖彗 · 社長兼總編輯｜王愿琦
編輯部
副總編輯｜葉仲芸 · 副主編｜潘治婷 · 副主編｜鄧元婷
設計部主任｜陳如琪
業務部
副理｜楊米琪 · 組長｜林湲洵 · 組長｜張毓庭

出版社｜瑞蘭國際有限公司 · 地址｜台北市大安區安和路一段 104 號 7 樓之一
電話｜(02)2700-4625 · 傳真｜(02)2700-4622 · 訂購專線｜(02)2700-4625
劃撥帳號｜19914152 瑞蘭國際有限公司
瑞蘭國際網路書城｜www.genki-japan.com.tw

法律顧問｜海灣國際法律事務所　呂錦峯律師

總經銷｜聯合發行股份有限公司 · 電話｜(02)2917-8022、2917-8042
傳真｜(02)2915-6275、2915-7212 · 印刷｜科億印刷股份有限公司
出版日期｜2022 年 03 月初版 1 刷 · 定價｜550 元 · ISBN｜978-986-5560-32-4

瑞蘭國際